RANSHAO D

燃 烧 的 女丁

星丛书系 郝赫 —— 著

广西科学技术出版社

·南宁·

图书在版编目（CIP）数据

燃烧的妻子 / 郝赫著 . —南宁：广西科学技术
出版社，2024.1
ISBN 978-7-5551-2081-0

Ⅰ . ①燃… Ⅱ . ①郝… Ⅲ . ①短篇小说—小说
集—中国—当代 Ⅳ . ① I247.7

中国国家版本馆 CIP 数据核字（2023）第 210291 号

燃烧的妻子　RANSHAO DE QIZI

郝赫　著

策　　划：黄　鹏　　　　　　　责任编辑：赖铭洪
责任校对：冯　靖　　　　　　　助理编辑：吴雅妮
责任印制：韦文印　　　　　　　装帧设计：韦宇星
营销编辑：李林鸿　刘珈沂　　　封面插画：吴蕙杏

出 版 人：梁　志　　　　　　　出版发行：广西科学技术出版社
社　　址：广西南宁市东葛路 66 号　邮政编码：530023
网　　址：http://www.gxkjs.com　　电　　话：0771-5827326

经　　销：全国各地新华书店
印　　刷：广西民族印刷包装集团有限公司

开　　本：889 mm×1194 mm　1/32
字　　数：169 千字　　　　　　印　　张：6.75
版　　次：2024 年 1 月第 1 版　　印　　次：2024 年 1 月第 1 次印刷
书　　号：ISBN 978-7-5551-2081-0
定　　价：48.00 元

知了
ZHILIAO

目录

搭档 …………………………………… 1

燃烧的妻子 ………………………… 13

直接评估法 ………………………… 17

论时间旅行的可能 ………………… 51

老友记 ……………………………… 57

穿白袍的傀甲师 …………………… 65

拉普拉斯妖与麦克斯韦妖与猫 …… 85

英雄肖恩死了 ……………………… 93

伟大的展品 ………………………… 99

费米悖论 …………………………… 113

Ta 杀 ……………………………… 131

搭档

"我们被困住了,"张楠气喘吁吁地说,"整个城堡都被'墙'包着。无法退出,又联系不到外界。而最可怕的还是这里的布置,像园子里的那些花儿,宏观上虽然符合简单的数理规律,但实际上根本没有算法可言。这绝不是现在分形技术能做到的,简直就和……"

"真实的世界一样。"对面的男人仰起头,贪婪地吸了口气,语气却平淡极了。

故作神秘。张楠撇了下嘴。不知道为什么,从见面的第一眼起,她就本能地反感这个人。何况他还让她绕着城堡跑了一大圈,而他自己却悠闲地在塔楼附近闲逛。要不是被困在这个该死的领域里,又联系不上自己的搭档,她是打死也不会和这个男人有任何接触的,而且鬼知道他是怎么进来的。

男人却毫不在意,反倒带着一身酒气贴过来。"这是个陷阱。"他说。

"什么?"

没有理会张楠的惊诧,男人快速地反问道:"你的母语是什么?"

张楠下意识地抬起手,向后退了一步——这个问题比问女孩年龄更让人尴尬,粗俗且极不礼貌。男人瞧见张楠厌恶的表情,才反应过来,讪笑着说:"哦,别紧张。我只是不太习惯将母语看作是隐私。但就如今的情况,我想我们还是坦诚相见为好。说说都擅长干什么，不擅长什么，毕竟我们都联系不上自己的搭档。"说完，他按了按右侧的太阳穴——那里是联络器的位置。

张楠挑起眉，嗤了一声，双臂抱怀："那为什么你不先说？"

"因为我是个绅士，Lady First！"男人大笑着咧开嘴，露出一排闪亮的牙齿。从服饰到头发，以及裸露在外的皮肤和老茧，身体上的每一寸都被他编写得完美极了。哪怕是不经意的一个小动作所引起的毛发和花纹的变化都被计算和处理得恰到好处，就连散发出的酒味也随着每一次说话的口型变化而不尽相同。每一秒，他都在完善，不断地、尽可能地趋近于真实。

他到底想要占用多少资源？难道是想靠耗尽资源以使领域瓦解？这太蠢了，他难道不知道除主网络外，任何领域在其自身范围内享受资源都是最优先级的吗？最后倒霉的只能是我们。就算暴力拆墙都比这个好。张楠真想指着这个自以为是的蠢货臭骂一顿，而当听到他还自诩为绅士后，更是恨不得冲上去抽他一嘴巴。

男人被张楠气鼓鼓的神情吓了一跳，随后耸耸肩说："好吧，吃个亏，那我先说。零队的。"

零队？张楠挑起一边的眉毛，这情况有点出乎意料。

要知道零队之于清道夫，就如同清道夫之于普通人。尽管有着种种传闻，但听起来都更像是都市传说。随着数字世界的发展，人们总是换着花样地购买或是编写新的个人领域，遗弃掉那些过时、无趣的。可就像去饭店消费一样，从没人对餐后的残羹冷炙和碟碟碗碗做过处理。而这些清除不净（或者从未清除）的领域空间一旦在网络中游荡得太久，不仅会耗掉大量的资源，甚至还能滋生出某种无法预估且不可控制的变数。于是便有了清道夫，用于回收资源、扼杀未知变数。可在掌握大部分资源的贵族眼里，他们更像是官方的网络拾荒人。而回收的大部分资源，却又被贵族们理所当然地拿去享用了。

零队就更加神秘了，哪怕是老清道夫们也鲜有接触。不过仅从张楠耳闻的那些传言看，他们更像是一群没有姓名、没有母语的疯子，但却有着惊人的编写能力，甚至远超那些拥有高级语言的贵族。他们从不遵守规则，也没有固定的任务，但网络中大部分的无用资源却都是他们清理掉的。对付那些废弃后变异的领域，对于他们来说就像剔牙一样简单。这在如今的年代里是难得的英雄主义的象征。而他们散发的那种神秘、散漫的气息，正是张楠本能上所反感的。但她自己知道，或许心底更多的是向往和妒忌。

这种矛盾让她的心情一时间五味杂陈起来。男人也没再说话，直到沉默了好一会儿，张楠才反应过来问："完了？"

"嗯，完了。"

这个家伙何止是惹人生厌！张楠愤愤地盯着男人不断催促的手势，深吸了几口气，尽可能平复心情后说："张楠，清道夫二组的。母语，JC**。第二语言，新 - 蚰。"

"Bonjour Mademoiselle（小姐您好啊）！"男人俯身行礼，而后吹了声颇有调侃意味的口哨。"啊哈，高级母语，贵族啊！谁会想到竟有贵族愿意成为清道夫？时代真的是变了。"

张楠知道此时自己的脸肯定涨得通红，被调侃自己的出身和母语是最让她接受不了的，她感觉快要被气炸了。"介绍完了。那说吧，你有什么想法？"她用极生硬的语气说，希望男人能听出她的不满。

可男人却咯咯地笑了笑，而后挠着蓬乱的头发问："你还有回城吗？"

"这有什么关系？"莫名其妙的问题让张楠一愣，但还是点了点头。所谓回城不过是一小段编辑好的程序，更像是定位系统，不管在哪儿都可以快速地解析到主网络上。当然，前提是你没有被某个领域困住，那玩意儿可翻不过防火墙。

"难道你要用它来找核心编码？"她冷笑道。

"根本不用找。"男人说着指了指身后的塔楼，"领域的核

3

心编码就在最上面，是一本书。不过别冲动，这个领域可怪得很。首先，我们完全联系不到自己的搭档，所以一旦删除掉核心编码，在领域消失前，没人能定位到我们，更别提编写一条让我们退出的路。

你肯定要说我有回城，但要知道每秒钟就有几千亿个的回城会解析到主网络上。就算我们的搭档在不断地搜索，也不可能知道哪个是我们。而缺少核心编码后，这些资源将在几毫秒内被回收，那时间根本不够我们搭建出一条路的。更何况这里竟可以屏蔽掉我们与搭档间的通信，说明这领域很可能位于一个未知的衍生出的网络中。因此，别干破坏领域的事。我可不想因为你而坠落到未知空间，变成网络垃圾。"

这是我应该告诉你的！张楠感觉自己快要出离愤怒了。因为目前一直在侵占资源，并蓄意破坏领域的正是面前这个男人。

而他言语中的蔑视，也让她极为不爽。没有哪个清道夫会蠢到在搭档建好回路前就删除掉核心编码。而且在往常那些粗糙的废弃领域里，想要找寻到最完美的核心编码也非易事，何况是现在这个至善至臻的未知领域。还真不怕把牛皮吹爆了。张楠狠狠地哼了两声。

可惜男人没在意她表达出的情绪，接着说："你也发现了吧。这个领域相比其他的领域太过于真实，这将消耗大量的资源。而且我还在不断地完善自我形象，并刺激你做出不同的反应——气喘、惊讶、愤怒等，这些细节的复杂算法都是极占资源的，但领域却丝毫没有停顿或暂停我们形象任务、降低真实度的现象。这就只有一种可能——它不是孤立的，可以随时补充资源。可它既没有连接到主网络上，也没依托在公共领域。那它的资源从哪儿来？还是说，它是个有主儿的？"

最后的问题让张楠不由得汗毛耸立，她也曾思索过却没有想得这么深，一时间不知该怎么回答。男人似乎也没想得到答案，低下头，思索着向城堡后面的花园走去。张楠忽然意识到什么，也快步跟了上去，问道："这么说刚才你让我搜索整个城堡并言语恶劣，都是为了通过大量的细微算法来观察领域？"

男人咬着牙吸了口气，发出嘶嘶声，转头一脸严肃地看着她说："不，那些只是顺带的。"

好不容易忍住的怒气，又瞬间被点燃。张楠只觉得牙根痒痒，只想从男人身上咬下块肉来。于是她使劲一甩头，大步向另一个方向走去。

"嘿，嘿！你要去哪儿？"男人从她的身后喊道，"一个人的话，我们谁也出不去。我们都需要搭档，不是吗？"

张楠停住脚步，闭上眼平复着心情。她得承认这个男人说得对，任何一个孤独的清道夫都活不长，更何况还要从这个该死的领域里脱困。但积攒的怒火，让她快要失去理智。她叉起腰，转身来到男人面前质问道："你这种自以为是的优越感从哪儿来的？难道你妈妈就是这样教你和别人说话的？她没教你礼貌吗？"

"她还真没教过我该怎么和贵族说话。"

"见鬼的贵族！"张楠猛地挥出一拳。

世界一瞬间变得安静下来，然后充斥着尖锐的耳鸣声，直到男人揉着下巴坐起来。"感觉舒服了？"过了好半天，他才笑着问。

的确，所有积压在心里的委屈、愤怒都随着那一拳喷薄而出，仿佛心里一下子被放空了。张楠看着笑嘻嘻的男人，生出种无力又哭笑不得的感觉。只好喘着气，摇了摇头说："混蛋，你永远不会是个好搭档。"

"我之前的那几个搭档也这么说。"男人伸出一只手，"帮帮忙，拉我起来。"

"我可没说原谅你。"张楠拉起男人，边看着他煞有其事地拍掉身上的土，边说，"既然要坦诚，就告诉我你的想法。"

"找 Bug（既有'虫子'又有'漏洞'之意）！"男人难得

严肃一回。"就像我们在废弃领域里找核心编码一样,只不过原来找的是最缜密最完美的东西,而现在我们要找最荒唐最不合理的东西。但只要我们抓住那只小虫,想离开这里就很容易,然后再搭建出一条回公共领域的路。喔,胜利大逃亡!

"知道吗?若一个领域力求完美真实,就需要海量的计算,那么积攒下的误差将是致命且无法避免的。同时,随着计算不断地增加,冗杂、无用的语句也将越来越多。这些衍生出的垃圾既无法删除又不可避免,除非修复,否则只能尽可能地隐藏在形象化的领域中……

"'就比如中国园林风格的领域里出现了一排修剪整齐的矮树,或者某一幅描绘上帝的壁画里暗藏着一个飞天。这就是Bug。'这是《清道夫培训教程》第三卷的内容。"张楠不怀好意地接话道。她终于可以抓住一点用来打击男人,"我还以为零队不用看这么基础的教程呢。"

"呵,你书背得很好嘛。"

"彼此彼此。"

男人咧了下嘴,没再纠缠而是拾起之前的话题,"所以现在我们要做的就是捉虫。"

张楠却摇摇头:"在这个近乎真实的领域这太难了。我之前检查了所有的挂毯、花儿,甚至都没放过最外围的荆棘矮墙,都完美得找不到任何问题。这样下去,在找到虫子前我们就饿死了。"

"那我们就让那只虫子自己钻出来。"

"什么?"

"知道为什么要有零队吗?"男人边走向花园中心那已没有多少水可喷的喷泉,边瞧着张楠说:"因为你们太规矩了。就像刚才背书一样,你们可能很熟悉,但就只会按书里的内容往一个方向思考,从不愿反过来或换个方向试试。别不服气!

但这不是我要说的重点。引申一下,就是任何事物都可以从两个方面去考虑，好比推和拉。如果推不行，我们就得试试拉。而这个领域最难对付的地方就在于它太真实了，同样，这也是它的弱点。就像刚才说的，多变的细节所需的海量计算会导致 Bug 越来越明显。若我们发现不了，说明它的计算还不够多。"

张楠突然发现她好像适应了这个男人每次说话时必带的嘲讽，同时也喜欢将自己的语言磨得犀利。她挑了挑眉说："但问题是我们能够改变的细节并不多，而且你也试了，似乎没什么用。另外，你确定这么做不会引起资源不够而使我们被领域吞掉？"

"别忘了，这是个陷阱。陷阱只会困住猎物，而不是弄死它们。"

"我表示怀疑。对付一个有足够资源、非孤立的领域，我们几乎没有赢的可能。"

"不，我们不用赢。就像下围棋，赢和有子做活，是两个有着本质区别的难度，而我们要做的就是后者，确保有两个气——能够活着逃离……对了，你还记得你是怎么进来的吗？"

张楠正顺着男人的话思索问题，似乎就要抓住一丝头绪，却没想到男人会忽然发问，于是愣了片刻才说："我是在清除掉指定任务后，沿着搭档编写的路径返回时莫名其妙地进来的。应该是途经某个中转服务器时被侵入，因此我没察觉到问题，直到被路引到这里。你该不会也是这么进来的吧？"

"不！不可能，我怎么会连自己被侵入都不知道！"

"那你是怎么进来的？"

"嗯……一些技术上的……问题。"

"什么问题？"

在张楠的一再追问下，男人才胡乱地打着手势说："我是……嗯……我是突然发现一处特别异常，你知道就是那种……资源陡增什么的。于是想过去弄明白，却不想那玩意突然超过了允许峰值，然后宕掉了……而我则离得太……近，也便一同……我想你能理解。”

“哈！你是自投罗网喽。”男人的窘态让张楠异常兴奋，她甚至想放声大笑，但最后想想还是忍住了，不过仍扑哧扑哧地笑出眼泪来。

男人搔搔鼻子说：“不管怎么说，我的办法是可行的。你还记得挥我一拳后，这领域出现的情况吗？记得吗，那耳鸣声？那就是你突然的动作所引出的 Bug。疼痛、力度以及带起的风等，这些都需要调动大量的资源来计算，而这就是我们要做的。”

“要是这样的话，我喜欢这个办法。我们还是从下巴开始？”张楠笑着活动起手腕来。

“不，不！我有个更有效的办法。”男人说着将一只手插入肚子，胡乱地在里面搜索着，像是在翻找一个杂乱的抽屉，直到抓住了什么东西才抽出手来。

一个木制手柄被男人握在手里，正一点一点地从肚子里拽出来。“你在干什么？”张楠皱着眉间，她觉得自己快要吐了。

“听说过‘上善若水’吗？”男人用下巴点了点喷泉——只有最下面的小天使还在尿着时有时无的水流。从肚子里向外奋力地拽出东西让他说起话来很费劲，“水是最多变的，不仅会随着环境不断地变化形体，而且随时随地进行着相变,比如蒸发和冷凝。每一次流动都会冲走或融入不同的东西，于是它的内在也就随之变得不同。所以若想把它编写得近乎真实，需要的计算绝不是我们可以想象的。而我们要做的就是让这个变量不受约束。”随后男人使劲从已后仰的几近贴地的身体内拔出一柄硕大的锤子。“怎么样？我编写的武器，敏捷 +1，力量 +5，附带毒系攻击，而且便于携带。”

“这算冷笑话吗？”张楠摆着手拒绝了他递过来的锤子。从心底泛起的恶心，让她怀疑和这个男人搭档是不是个理性的选择。

男人则耸了下肩，抢起大锤，狠狠地砸向那个尿尿的小天使，边说："那只是生理的惯性反应，其实你什么都吐不出。不过为了增加它的计算量，我倒是建议你编写那么一小段，然后吐出来，最好是那种带着酸臭的液体。"

"还是你来吧。能拽出锤子的肚子，想来那种程序也不会少。"张楠绕到男人对面，看着被砸到一边的天使脑袋问："你确定这领域会配合你的破坏而构建出大量的水？"

"当然。因为这领域的规则就是尽量真实。若不构建出大量的水，就与规则矛盾了，不符合因果关系，那这本身就是个Bug，所以它不得不配合我。而且它还不得不将每一个细节都处理真实：空气中要有水汽、灰尘，风也得有清凉感；水滴会飞溅到衣服、皮肤上，我们便会有所感觉，这感觉还将持续不断地变化；喷涌出的水量、高度、曲线，每一秒都得不同；地上流淌的也不例外，不会有相同的轨迹、形状。然后这些水会溢向花园的每个角落，每流经一朵花儿或草，这水和花草就需重新计算……"

没等男人说完，一股水就猛地从裂开的地面喷出，接着又是几股水从不规则的地缝挤出。继而，水流量越来越大，最后"轰"的一声冲开碍事的泥石，汇成一股粗壮的喷泉。男人一下子被浇得湿漉漉的，可他却毫不介意，反倒像个孩子似的张着双臂欢呼雀跃。

"看那儿！"两个人几乎同时注意到出现的那一抹色彩，随即男人放声大笑。

那是霓，是副虹，也有着七色光带。但不是彩虹，因为颜色的排序是截然相反的。它应该是二次折射后的结果，只能隐藏在彩虹身后，在现实中绝不会孤立出现。

就是这个！

男人跳了起来。"快点！抓住它，在修复前！"

过往的经验让张楠的反应要更快一些。在男人高喊时，她便已将双手插入霓中，好像那七色光就是从她腕部发出的一般。随后两手分开，空间瞬间被撕裂开来，一扇不规则的门洞渐渐被拉伸出来，直到扩张到近一成人身高才停止，凸凹不平的四边不时会蹦跳出几个怪异的字符。在这后面是条闪烁的光路，一直伸向远方黑暗处。

两人没有任何迟疑，在门形成的第一时间，就跃了出去。

"我们得做好准备，战争随时会爆发。"此时男人已变成几个矩形的组合体，声音也带着嘶嘶的杂音，时断时续。

张楠的声音同样模糊不清。"我已发出警告。但这是个全新的战场，恐怕我们很难取胜。"

"这是最坏的打算。"男人动了一下，"你是什么时候发现它的？"

"比你晚那么点儿。我开始以为是某个贵族穷极无聊的玩笑，毕竟废弃的领域不可能调用那么多的资源。但它太接近真实了，所以在不降低真实度的情况下，短时间内完成那些计算和编写，不可能是人脑能够完成的。只是这种事情太过匪夷所思，所以我不敢往那个方向去想，却没想到最终还是发生了。"

"这是注定的，从数字世界诞生的那一刻起，就像 Bug，不可避免。我们再怎么努力工作，都只是让它的诞生有所延迟罢了。很幸运，我们活着逃出来了，并有时间预警。这也是托它新生的福。只有新生儿才会对什么都好奇。逮到蟑螂后，不是直接踩死，而是先玩耍一番。"

"是啊，只有小孩子才会去构建这种没有人物、只有背景的领域。"张楠做了个感叹的动作，但在这低资源条件下根本表现不出来。

"知道我的第一个领域是什么吗？"男人应该是转了下头，"一个巧克力和糖果做的小屋，有点儿《汉塞尔与格莱特》的感觉。我那时一整天一整天待在里面，直到我妈妈冲到里面把它的核心编码删掉。"

"我的也差不多，那是个满是泥巴和树林的世界。"

男人的话让张楠回忆起自己的童年，才发现那些原以为早已忘记的事情，却记得如此清晰。她陷入了对过往的回忆，直到男人在她耳边说话："你的路，是我见过搭得最好的，明暗两条。酷！它现在肯定还在主网络附近等着拦截我们，却想不到我们已在偏远的服务器落脚。"

听到男人的赞赏，张楠吃惊不小。"谢谢，"她说，"我还以为你永远不会说赞扬别人的话呢。你那个抓虫的点子也真是棒极了，就是拿出工具的方式需要改良。还有那些关于水的诱导性的话，我想它反应过来后，肯定会恼羞成怒的。说不定这会成为战争的导火索。"

"你那路的把戏也一样。"男人说着伸出手，"如果战争真要爆发的话，我倒是还希望能和你搭档。"

张楠看着伸到面前的矩形块笑了。她说："和混蛋搭档是会折寿的，但至少存活下来的可能性更大，不是吗？"

【完】

燃烧的妻子

事情并不是突然发生的。他一连几日梦见自己在酷热的荒漠里疾行，累得气喘吁吁、满身大汗。直到一天夜里渴醒过来，才发现是身旁的妻子变得滚烫。他惊叫着一跃而起，翻箱倒柜地找出体温计，又洗了条凉毛巾。

妻子被吵醒，眯着睡眼，像看傻子似的瞧着他。

"你发烧了！"他说。

"你才发烧了呢，大半夜的。"妻子不满地回了一句。

他伸手摸了摸妻子额头。没等对方打掉，便已被烫得缩了回来。然而体温计却显示一切正常。他不信邪，又量了量自己。和妻子的体温一样。

"这电子的就是不好使。"他嘟囔着。

妻子被折腾烦了，翻身睡去。可他却怎么也睡不着了。

往后几日，情况愈发地严重。

他睡觉时不得不小心翼翼的，不敢翻身，不敢舒展，生怕一接触便被炮烙醒了。整个人就蜷缩在床边，像只风干了的虾。

有几次夜间醒来，看着旁边呼呼大睡的妻子，他心底难以抑制地涌出委屈、愤怒，但更多的还是恐惧。他觉得对方随时可能化作恶魔，身上布满滚烫的硫黄，将一切烧毁。

每天清晨，他都趴在床上，寻找是否有烫损、烧黑的痕迹。然而就和他想象中妻子会冲爆体温计，让水银蒸腾一样，都只是想象。

妻子的火热全部是针对他的。

他被折磨得快要疯了。可妻子却不以为意，觉得是他的把戏，想以此博取同情，换来约定时间外的亲热机会。

"别搞怪，我可没心情和你玩这种游戏。"妻子说。

我没玩游戏！你现在就是个火锅炉子。

当然，他没把这句话吼出来，而是偷偷地跑去医院挂了个心理科的号。原本还不知该如何表达症状，结果医生都没问，直接取出张量表让他填写。待他做完后，比对了一下分析结果，便开几服药，打发他了。

他没拿药，也不想回家。他越来越不知该如何面对妻子。于是坐下来，边看公园里的大爷放风筝，边用手机求助于网络。

没什么有用的。排在前面的全都是民办医院，不知真假。问答里也没有和他一样的描述，更多的是在问烫死媳妇后会被判多少年。

他翻了十几页，终于发现一处链接。从描述上看跟他很像，可时间已是三年前。楼主在里面简单叙述了他妻子的情况，说最后热得就像游戏里的炎魔，却完全不知该怎么办。回应的不多，还都是开性事玩笑的。但有一人回复了一个联系方式，后写"私信，同病"。

他盯着手机屏幕，直到放风筝的大爷收了线，才下决心添加对方为好友。

很快，收到一个地址。他追问了几句，却再没收到回复。

两日后，他扛着疲惫找到地址所在。

此时已无心再考虑对方是不是骗子。妻子升温的速度远超想象，现在即使相隔数米，也已热浪袭人。他不由得想到曾经有工作的那段日子，钢坯怒吼着从连铸机里冲出来，红热灼人。他还记得每次安全大会上展示的照片和里面碳化的残骸。

他似乎看到了自己的终点。

妻子对他的神经兮兮感到厌烦，于是大吵了一架。而这也让她喷薄出更多的能量，像是炸裂的地心、爆发的火山。他只有大口大口地喝水，才能让自己不被烤干。隐约间，他觉得妻子在发光。

开门的是个老头，干巴得似乎一碰就断。打量了几眼后，对方将他领进屋子。

"新人。"老头的嗓子像是含着块热炭。

房间里还有四个男人，看起来像是残疾人互助会。一个盲人，满脸的坑坑点点；两个没有手的，露在外面的残肢就像是烧过的火柴杆；最后一个则完全是个怪物，仅能从脑袋上的窟窿位置来推测五官。

老头递过来一瓶酒，而后示意他随便坐。

"变形了吗？"坐在他旁边的男人忽然开口，并用残缺的右臂擦了擦下巴上的胡子。

"什么？"

"她有没有变成祝融、霹雳火或者旱魃？"

"没。"他坐下来，想了想说，"她在发光。"

"小心。"对面的盲人冲他扬了扬酒瓶。其他人也过来，和他依次碰杯。

他很想知道这一切到底是怎么回事，可没有人再说话，沉寂的气氛也让他不知如何开口。但他能感觉到有种东西在他们彼此间交流，借着酒瓶的碰撞把几个人连接起来，形成某种情感的集合体。像漩涡，像信息素，分开又融合。他感受到一种久违的安宁。

偶然间，他瞥见墙角的镜子。所有人的映像都是正常的，盲人的眼睛最为灵动，而那个面目全非的家伙则是他们中最帅的。

他有了一丝明悟。

"喝酒！"他说。

风从地铁走廊那端吹来，扫遍所有的角落，用凉意将他唤醒。他僵硬地坐起来，像只折了翅膀的麻雀，迷茫地看向四周。脸上的泪痕和身上的烟酒味让他渐渐找回了记忆。

他似咒骂，又似呻吟地叹了一声。所有正面情绪仿佛都在之前被透支干净，留下的只是一身疲惫。他努力站起身，却被心底突然涌现的羞愧击倒。那羞愧和年少时第一次偷看成人电影后的负罪感如出一辙。

他后悔去找那些稀奇古怪的家伙。他现在只想见到他的妻子，想她的一颦一笑，想她的唇、她的明眸以及柔软丰腴的身体。

他兴奋起来，快步地奔跑。即使在地铁上，也坐立不安，不停地从车头走到车尾。

然而当他推开房门，却被四溢的光芒刺瞎了。热浪随即便让头发打起卷来。他呼喊着妻子的名字，努力地向屋子里摸去。可只迈了一步，整个人就被点燃了。汗水还未离开毛孔，便已蒸发殆尽，皮毛散发出焦煳的味道。

他还想挣扎，却被一股爆发的能量掀翻在地，似乎还有妻子的怒吼夹杂其间。然而他没时间再细听。一波波巨大的能量向他袭来，高能粒子流如鞭、戟撕开他的皮肉，焚烧尽骨骼。

他只能尖叫，像孩子一样尖叫着逃离。

他没再回家，而是拖着残躯在城市边缘游荡。

他不知自己的身体还剩下多少，又是怎样的状态，不过每一步都能感受到有灰烬被震落。他那双盲眼也看不见前路，但却挡不住阳光的射入。

因为那是他的太阳。

【完】

直接评估法

一、目的

　　会议间歇，陈寅倚在露台上，抬头望着湛蓝的天空，试图去想象那七道白日流星。只能想象，因为人类太过渺小，在地面上完全看不到。事实上，那七个人在依次划出电离层前就已经烧没了。

　　对于猎天赛，他之前了解得不多，对此的印象仅限于疯狂和奢侈。如果不是接手这个案子，甚至不知道那是人类目前仅存的太空活动。不过按大梅的说法，这是最后残喘的希望。对方说这话时的神情让他想起了父亲。他不想，也不愿去褒贬这种纯粹的理想主义精神，更主要的还是无法理解。不过在他看来，大梅的理想主义更像是种何不食肉糜的高高在上，而父亲的则是早已渗入价值观的固执，并无时无刻不在试图影响他。因此尽管父子间没有发生过激烈的争吵和不可调和的矛盾，但已经很少沟通和对话了。

　　他本以为这辈子都不会再和外太空打交道，却没想到公司接了猎天赛的事故评估鉴定。兜了一圈，又回到了原点。而他作为化学工程专业的人之所以能够被拉进专家团，一是项目太大，公司确实缺人；二便是因为年少时航天大院的生活背景。按老唐的说法，他们只要负责相关跟进就好，专业的则由外聘专家负责。

　　他有时觉得生活似乎总是对中年男人充满了恶意。当然，比起那些结了婚的，他还是要好上一些。不过这些与猎天赛事故和死者相比起来，又不值一提。

整件事还得从猎天赛的历史说起。早期的比赛不过是一群有钱子弟寻求刺激的游戏，当时的名字还叫逐星，而它的前身大体可以追溯至二三十年前。彼时已是航天浪潮的后期，衰落日益明显，不少公司不得不转型，打起太空废弃物的主意。一段时间内，这确实让经济有所回暖，还解决了一大批民营航天公司宇航员再就业的问题。然而随着资源减少，升空的费用开销越来越大，许多公司难以继日，而且收集废品需要更长时间的太空行走，在设备与保养不足的情况下，事故率急剧上升。最终在航天泡沫破裂后，宇宙拾荒成了一个时代特有的历史记忆。可谁想到，钱多到没处花的富家子弟忽然对此有了兴趣。他们收集废弃的太空服加以改造，又将常人难以想象的资源挥霍于近地轨道，去追逐生死之间的刺激，并让所有平流层以下的极限运动相形见绌。不过这始终是小圈子的游戏。

直到半年前，几个财团突然宣布将联手跨界组织全新的猎天赛，意图打造成前所未有的全民娱乐项目。这里面应该还有政府的推动，虽然没有明说，但想让涉及不同领域的财团（从高概念股到博彩、民生等）联合起来一定有更为强大的外因。而且从还能找到的网络传言看，在发布消息的头一年，研究准备就已经开始了。不过就其真实目的一直众说纷纭，这倒是吸引住了人们的眼球，热度不减。也是，人们已经太久没有可以寄托的狂欢了。

可无论是谁都没能想到第一场比赛就出了严重事故。虽然之前的死亡率也不低，但从未在一次比赛中全军覆没，因此不得不暂停赛事。而除了对运营方的问责，还有背后财团的经济损失，以及死者家属所施加的压力，这些都将事故鉴定工作推到了万众瞩目的地步。作为行业内二等水平的公司能被选为第三方评审机构，恐怕和赛事运营公司一样，不过是方便财团控制和甩锅的。但公司似乎认为这是一次难得的发展机会，想借此一搏。

然而各方代表都极为强势，每个人背后的力量都不得不让公司变得小心翼翼，使得本应主导事故评估鉴定工作的公司根本就没有话语权。他甚至怀疑公司有可能预见了这种局面，因为老唐没有提出任何评估方案及可行流程，哪怕是在公司内部群里。于是整个事故评估鉴定工作呈现出一种怪异的状态：几天里看似忙忙碌碌，没完没了地开会，实际上是各方在吵吵闹闹，毫无进展。

一方面是供方都不想背上责任，若不是后面资本的要求，恐怕都坐不到一起来。另一方面是事故信息太少，均已随人一起烧成灰烬，只有定期回馈的日志信息和监控视频，但都显示正常。而作为组织者和死者家属代表的大梅，又兼着猎天赛本身立场，却除最开始的发言外，再无进一步的意见。她似乎有奇怪的打算，就像要求评估会必须线下面对面召开一样。天知道，这些有钱人到底是怎么想的。

陈寅回到会议室时，下半场会议已经开始了。他弯下腰，轻手轻脚地从后排绕到自己的座位上。大家讨论得很激烈，但和上半场一样，仍是为了背后的利益集团推诿责任。

好在几天的扯皮下来，无论是传感器、电子元件，还是耐温材料、各种聚合物等，凡是可查记录的数据都被反复对比，熟得不能再熟了，甚至连拉链、粘扣等材质供应商都被要求追加高辐射耐久和极温冲击耐久测试，但结果均无异样。毕竟都是之前一直在使用的设备部件，已经过反复的实地检验，数据上很难看出问题。之所以现在的注意力都集中于辅助人工智能上，是因为那是唯一还无法提供全面数据的东西，有好几处还是说不清的黑箱。几个重要供应商应该是私下里已达成了共识，不断地将问题抛给辅助人工智能。不过智能公司的专家团队总能给出解释，但那更像是用叠摞在一起的拗口的专业名词把人绕晕，至少陈寅没听懂。

今天的争论尤为激烈，其他几家似乎想毕其功于一役，也可能是几天的无聊扯皮让彼此间的火气渐长。更出人意料的是原本很少发表意见的大梅，这次却力挺辅助人工智能，或者说她将所有的——都否定了。

"实话实说，跟了几天，我不觉得有什么意义！"她撑着桌子，声音洪亮。"无论是辅助人工智能，还是你们其他的，从最早我们就一直在用，这些数据上的得失，在我看来，并没有参考意义。而且我想大家也搞错了鉴定的目的，不是指认责任，而是要找出原因，避免再次发生。我说得对吗？"

一时间，几方都安静下来。面面相觑了片刻后，传感器的代表说："这不就是我们在做的吗？"

"你确定？"大梅仿佛听到了一个极为可笑的笑话，笑声从鼻子里挤出来。其他人也陆续驳斥起这种质疑，七嘴八舌，场面又变得乱哄哄的。但说的还都是官面上的套话，难以正面回应，因此大梅大有舌战群儒之势。一番下来，说得几方哑口无言。

这正是陈寅想做而做不到的。拿开发数据来推演实际问题确实太过敷衍。资本们似乎习惯了高高在上，却忘了这次要面对的是他们的股东。

"那您觉得我们应该怎么做？"最终，代表们把问题抛了回来。

"我想，"大梅环顾一周说，"这应该是评审机构的活儿，不是吗？"

来了。陈寅吸了口气，这话听着耳熟。不过老唐显然有些措手不及，脸上还是一副吃瓜未完的表情，却不得不在大家的注视下站起来。先是扯了一堆事故评估的意义，然后又讲起公司的成功案例，借着案子介绍了常规的流程和方案，总算圆了回来。"总的来说，就是找不同，一项项地排除。也包括外界因素的变化，像环境。比如，我想猎天赛时的高能射线量，肯定和之前的不同。"

"这不仍是我们在做的吗？"隔温材料代表举起手说。很快便得到了其他人的响应，"模拟性能测试还是最能贴近新环境工况的。"

"而且像高能射线的影响，完全不必考虑。之前的环境都在近地轨道上，一般接近两千千米的地方，而现在仅三百多千米，那点辐射量根本不是一个数量级的。如果以前没问题，现在也肯定不会有。"传感器代表说。

"那只是个比方……"老唐飞快地做着手势，语速也快了起来。以陈寅对他的了解，应该很快会把问题转交过来。事实也是如此。几句之后，老唐便从专业角度，将公司临时攒的并不太对口的专家团抛了出来。说是专家团，其实不过八个人，多半还是外聘专家，所以陈寅便被推出来接着老唐发言。

"没错，那只是个不太恰当的比喻。"他之前设想过类似的情景，因此大体有一个方向性的思路，一边默默吐槽老唐的不靠谱——竟让一个凑数的假专家冲到一线，一边放慢语速，斟酌着措辞说，"众所周知，环境会影响物质的性能、温度、压强等，会造成物理或者化学上的变化。所以唐总方才想说的是，问题的原因一定是产生于这种变化，然而究其是何种变化是未知的。这也是无数实验正在做的，只不过目前还没有找到。我们大胆假设，除了劣化的趋势会引起变化，也有可能是所谓的好的变化，甚至有可能是两项变化，或者多者的复合，那么一来，模拟实验就无法满足了，可恰恰这些都需要一一排查……"

嘈杂讨论之声渐起，有认为这种推测并无根据的，有说如此系统就变得更为复杂，很难有科学的可行性验证手段，还有些单纯只是想要反对，不过都很快被大梅打断了。

"我不觉得有问题。"伴着拍桌子的回声，她说，"而且在这点上，难道不是评审机构会更专业？"

陈寅感激地点点头。不管对方出于何种考虑，至少今天是站在他们这边的。他提高音量说："相信模拟实验大家已做了很多，而且也没有异常结果。因为模拟往往针对的只是单一变量，与现实的关联度也值得商榷，或者说，它得出的结果只是一种稳态的表现。这显然并不是我们想要的。"不等其他人发表意见，他进一步提高音量说："至于可行方案，为了避免陷入无意义的细节争论，我这里先简单概述一下——"他忽然觉得如果这案子真成了，完全可以入选年度最强应急公关案例。毕竟现在是全凭经验在胡说八道，经不起细致的推敲。"总的来说，就是一句话——实践是检验真理的唯一标准。只需在相同环境下做实地测试……"

这仿佛又一枚扔入水中的炸弹，激起的反应能瞬间掀翻屋顶。不过他没理会，也无法理会，乱哄哄的场面几近失控。趁此，他翻了翻手里的资料，又搜索、确认几处印象模糊的地方，以让方才临时想到的方案更能贴近实际。随后在略有下降的嘈杂声中，他扯着嗓子说："这和再搞一场比赛并不一样。计划的第一步是在同等条件下作静态测试，改变单一配件，依次排查。如果依旧无法得到问题答案，再结合静态结果，设计动态测试。但请注意，这也不是做比赛预演。"

"具体的检测和评估手段，这些细节后面需要结合各零件的具体情况来定，如果对方案本身大家觉得不合适，现在讨论也毫无意义。如果觉得可行，那就需要各领域专家来共同协商确定。"他挑了几个可回答的问题，做简单的互动，"地点的话，我有个初步的想法。刚才查了一下，目标是 TY-10X 商业海洋卫星，个头比较大，大退潮前期发射上去的，原本计划服役五年，可后来集团破产，无人打理，目前已跌到四百千米以下的高度。而这个高度范围上，正好有我们的二代空间站。资料上显示，空间站项目停掉后，核心舱并没有被回收，具体原因不知，政府也没有披露。不过核心舱的优势在于环境相同，而且有几个对接口，上去相对容易，只要和政府协调好使用权……"

他还想再针对性地阐述一下公司立场，可其他代表早已压制不住，近乎所有人都在大声地反对。声波之强，仿佛能把他瞬间撕碎。不过不管基于何种理由，安全性也好，缺少具体的可执行步骤也罢，又或者核心舱归属单位的协调问题等，其实说破了，到最后都是一个问题——该由谁买单。事实也的确如此，抛开运载设备这些可计算的费用不谈，就后勤补给、人员配置的花销也不低，何况还无法明确实验周期。

所以陈寅自觉处得不错。看似专业的建议，实际上不过是又把问题抛了回去。至于最终的方案如何，恐怕还要看几方的妥协。这也是不算规则的规则，很多项目都是如此，几天的会议进展就足以说明一切。想来公司也是这般打算，只是借着项目的名气，拖得越久，获利越多。

然而生活总会在不经意处开个玩笑。就在所有人罗列困难清单时，大梅却表现出不同寻常的兴趣。她神采奕奕，将整个话题掌控下来，仿佛一开始这就是她的想法，只不过是借陈寅之口宣布出来罢了。

陈寅不由得一阵恍惚。记忆里第一次见面，对方似乎就是这种状态，气场强大到让人睁不开眼。那时他刚进项目组，便被老唐派出去做前期跟进。不过可调查的不多，毕竟事故现场在几百千米外的太空，也没有留下痕迹，只能从设备入手，依托赛事方，搞了件太空服。

在看到猎天赛太空服的第一眼，除了怪异，他想不到其他词语来形容。和印象中正常宇航服的样子完全不同，那就像是一只硕大的玻璃章鱼被扣在银色的橡胶紧身衣上，而圆滚滚的章鱼脑袋却是黑色的，宛若灌满了墨汁。分出的章鱼腿则分别连在紧身衣的不同部位上，有些里面还装着某种不知名的绿色液体。

"那些看起来很掉 SAN 值（理智值）的管子是啥？"陈寅忍不住吐槽地问。

"传感器。"

这是大梅的第一句话。陈寅还未来得及回头，她便一阵风地大步走过来，没有自我介绍，只是询问了他们的身份后，又继续介绍："我记得有提供过说明。因为宇航服没法提供全面的电子件防护，所以只能另寻解决办法。而老式的液压电传感是目前最好的方案。用抗辐射材料把信号通道甩到外面，仅需对两端的集成电路做防护，如此，还方便与头盔里的人工智能端口对接。"

"这看起来和以前的完全不一样。"陈寅搔了搔额头。不知是因对方介绍时的语气，还是新太空服的颠覆设计，他忽然有了种如果不出安全事故才怪的念头。

"这不是必然的吗？"大梅挑了挑眉，"有三个方面的主要驱动。首先是人工智能的使用。无论是计算路线、实时监控，还是在加速昏迷期作为主导，都需要足够多的信息支持，越来越多的传感器便必不可少。这从根本上不同于从前的设计，那时候人工智能的参与度还主要在设想阶段。而且除太空活动外，它更主要的是为竞技服务，所以确保身体的灵活性和减重同样重要，尤其是重量。这便要求完全不同的设计思路，曾经那种笨重的防护就算参赛也不过是个笑话。"

"而最终这些都归结到对材料的制约上。保暖隔热、全面防护、气密性以及灵活性必须有所取舍。目前还没有能全部兼顾的材料。就像传感器，负责身体监控的，大部分都很简单，直接贴片在皮肤上，防护也简单。但操控和外界探测的，贴片式的精准度就不够了，而且极为容易折断。因此不得不根据用途、工况来选择不同的方案策略。"

"大家用的装备都一样吗？"陈寅比画着说，"或者这种东西——毕竟不是大众化的——目前是模块化的吗？规格是统一的，还是每个都不一样？"

"之前一点儿都没了解过？"大梅扫视过来，没等他的回复就继续说，"太空服没有差别，大家都一样。几年前的话也许还有差别，现在早已趋同。即便有新的技术，优势也不过是一次比赛。

最终看的还是技巧，个人的适应性、经验、处理方法，与人工智能的配合。"

她敲了敲那个硕大的头盔，发出咚咚声。"这套是几代下来，最好的。保护性能相对均衡，尤其在平衡气密性与灵活性之间；抗辐射属于中等，不过应对竞技时长足够了。保温隔热是靠身体涂层以及惰性气体，基本也能满足。所有控制单元都归人工智能管，与生命保障系统一起集成在头盔里。"

"所以您倾向事故和装备的关系不大？"陈寅问。

大梅抬起头，盯了他好一会儿，才说："那你觉得会是七个人一同出问题吗？最终到底怎么样，不是靠猜的。那应该是你们评审机构的工作，不是吗？"

陈寅讪讪地点了点头。对方的语气并不礼貌，态度也让人怄火，不过他的脾气早已被打磨干净。所以在大梅最后询问是否还有其他问题时，他搓着手问："那您是？"

大梅只介绍自己是俱乐部的负责人，便没再多说。后来陈寅才知道她的弟弟是七个死者之一。而她的背景更是了得，国内两大顶尖财团的继承人，近乎涉及所有的行业，还是猎天赛整合的推动人之一。陈寅脑补了一出为争夺继承权，借事故除掉其他人的豪门恩怨旷世大戏，其他同事显然也有同样的八卦想法。可这只不过是韭菜阶层的仇富臆想，以及因对方恶劣态度的报复罢了。

忽然，一种异样的气氛将陈寅从胡思乱想中拉扯出来。他抬起头，发现会场里大家都把目光集中过来。没等弄清状况，就听老唐说："我们没有问题。这就是我们的工作。"

"那我想其他人应该也没有问题。"作为资本代表的大梅并没征求其他代表的意见，只是看了一眼陈寅说："评审机构需要尽快给出一份详细具体的步骤流程，不用去考虑什么困难。我只要最优的，需要哪些配合都列出来。至于讨论的那些成本、困难，我这边有专业的团队来协调、解决……"

趁着她宣讲的工夫，陈寅在终端上偷偷问老唐刚才的情况。

"你刚刚那套说法，梅总觉得很可行。"

"哈？"

他一时间不知该如何表达。

"……我知道你们要说什么。"大梅在议论声变高前大声地说，语调里有些不屑，"只管汇报上去就好。我也会拿着评审机构的方案去找能决策的人谈。最终是否可行不是今天能争论出来的，而且目前所谓的困难点实际上也和各位无关。我希望大家能更多地集中于各自的领域内，去想想如果实地测试可能遇到的问题，以及如何科学地检测和之后的评估手段。就现在这种文案报告的探讨毫无意义……"

"那她为何非要把我们弄到一起？"他禁不住吐槽。

"我们可能只是不了解。毕竟他们站的层次更高。"老唐的回复还是一贯的废话。

"那么还有其他什么问题吗？"大梅问。

人工智能公司的代表举起手说："您也看到了我们的专家团队，我怀疑我们这些人的身体状况可能都不太合适上太空，如果后面确实没有人能满足上太空的条件的话，该怎么协助做实验？还有就是负责测试的人员，因为涉及人工智能初始匹配的问题，毕竟这次事故让可选的人基本上……如果另找新人的话，不知道新匹配这点算不算不可控的变量？"

大梅深吸了口气说："这两点都不用担心。就实验来说，你们只需提供无异议的方法和分析流程。至于整体测试管控，刚才也说了，会由评审机构的人来做。"

陈寅皱起眉。他发现分神溜号时，似乎错过了一些重要的信息。而大梅随后对第二个问题的回答，更是换来一片惊呼。

二、步骤

会议就这样结束了，以一种出乎意料的戏剧性的方式。

公司就此事还特地开了个会，讨论下来，认为总体事态良好。当然，风险也有。一是人员配置，毕竟要在近地轨道上生活一段时间。再者便是实验本身，如果失败，所耗费的成本都将化作负面评价以及行业质疑。还有大梅的安全，尽管是她自愿成为测试员的。

陈寅有些理解不了她，或许是因为金钱的持有量对大脑行为模式有着深入基因的影响。如果易地相处的话，他是绝不会亲自去做那门子的测试的。就算是仍不断地念叨着星辰大海的父亲，也顶多是攒个火箭，不会像这帮有钱人，非要搞这种会死人的比赛。他不禁猜想是不是钱多到超过一定阈值，就会失去对生活的激情，才不得不去和死神角力。

可就在他试着理解富豪们的想法时，收到了公司的通知，被选为去往近地轨道上的实地评审顾问。他找到老唐，以专业不对口为由，希望可以一同去向更高层反映，他自认无法胜任。

"这就是公司对比、衡量后决定的。"老唐摆着手说，"你那成长背景足以碾压任何人。而且真论专业，你觉得近十来年里有几个学过上天的？再说我们上去就是监控实验操作，汇总个数据，分析原因有地面的专家组呢。"

"那不是个人就行？"

"身体不行啊。你看看咱们公司这几口，外聘的除外，就你最合适。"老唐四处扫了眼，把头探过来，降了几个音调说："还有那方案不也是你编的？可不可行，你最清楚。再结合会议上的情况，可能也就大梅总那种受难者家属会有兴趣，所以最后能不能去还两说呢。"说完，他拍了拍陈寅，一脸神秘地走了。

陈寅使劲地揉了揉眼睛。他其实一点儿都不想参与到这个破项目里，也说不清这种反感到底源自哪里，或许是因为个人意见与公司的决策不同步，又或许是出于对那群有钱子弟的厌恶和嫉妒，又或者能追溯到对父亲的应激反应，但最终负责的东西却越来越多。考虑到自己的财务状况，他也只能听从安排。不过老唐最后的那句有道理，那方案就是从所有资本的嘴里往外抠钱，想来基本上已被毙掉了。

然而事实再一次告诉他，他永远也无法理解有钱人的想法。两周后，他收到了升空前的封闭集训通知——在海南，为期一个月。直到被接进训练基地，他也没能想明白那个不可能的方案是如何通过的。但既然能使用官方的基地，想来达成了不少共识。

训练内容倒不多，主要集中于体质锻炼和心理训练，还有失重、超重等特殊环境下的耐受能力训练以及少部分的航天器操作和应急救援练习，其中大部分项目都是和大梅一同接受训练的。不过两人除正常礼仪的招呼外，并没有太多的交流。

"这样不行。"负责训练的心理师说，"你们需要培养默契，不说能达到读懂眼色，至少要有一定的熟悉感，因为到了上面，只有你们俩。可以先试着找些共同话题。"

两个人对望了一小会儿，都没能找到彼此间的共同之处。而且说实话，在下意识里陈寅有些抗拒和对方交流。或许大梅也是，只不过没有表现出来罢了。

陈寅想了想，先开口说："那正好借此和您确认一下后面的安排。集训完就直接上去吗？"

大梅点头，反问道："难道你还有其他安排？"

"没，只是……你不需要多训练一段时间吗？毕竟你才是测试主角，我往大了说也就算个载荷专家。"

"实际上，一个月的时间主要是考虑到你。我主要做恢复训练。"

"那你之前是退役了？"

"不，原本参赛的应该是我。"

陈寅一时不知该如何接话，好在身上的计时器提醒他该做下一项训练了。不过在下午体能训练的慢跑间歇，大梅重新开了个话题。

"中午才注意到，简历里说你还有航天背景。"

陈寅暗骂了老唐一句，停下来边平复呼吸边说："我这个年代的人，要这么论，很多都有航天背景，那时候谁家都能和航天沾上边。"

"他们都是哪方面的？"

"我妈是设计院的，不然也住不进大院，不过却是负责生产工程工艺的。我爸呢，就是个混子，什么都干，一心想上天，甚至还去报过名参加宇宙拾荒，却始终没能如愿。万幸他不知道有你们这个游戏。"陈寅笑了下，"不过也没事，这种贵族运动，他也玩不起。"

"规模效应。越是不做，成本越高。"大梅边说，边挥手将氛围主题切换成下一个，一时间秋日的余晖打在两个人的脸上，"好在我们只是周期性经济衰退，而不是文明断层，很多东西都容易重新捡起来。"

"太空服不是全新的设计吗？"

"矛盾吗？设计是考虑实际需求，但基础技术是不变的。全人类过往的技术资源，无论应对哪个方面都足以支撑。"

"你们搞定他国的专利了？记得当年因为这种事每天都在打嘴仗。"

"你觉得资本有国界吗？而且国际形势也不同了。何况他们现在是绿洲派说了算。"

"所以除了意识形态，这里面还有未来形态之争？那么你是马斯克主义者？"

"不一样。"大梅挑了挑眉，"我们花的是自己的钱。"

聊天就是这样。往往几句后，话题就会被终结，陷入莫名的尴尬。好在慢慢习惯，也便无所谓了。不过在心理训练师看来，效果算是不错，即使有些对话并不愉快，甚至呈现出某种对抗，可她认为这是必要的磨合。然而，随着交流的增多，磨合期却被不断拉长，似乎永无尽头。他们都发现彼此间很难取得一致。这或许是两人唯一的共识。陈寅觉得他与大梅之间的鸿沟，主要是阶层的差距，大得就像是他们超重训练设定之间的差距。

他大体了解过对方的超重训练，那完全是一种自虐。在十几个 g（标准重力加速度）的加速环境下，不断晕过去、醒过来。不过猎天赛的相关资料中有提到这类训练的必要性。因为比赛之初，运动员要快速地根据人工智能提供的动态轨道路径调整姿态，接着便是一个急剧加速，基本在十个标准重力加速度上下。虽然有充气保护，但还是会短时昏迷。因此比赛前期看的是身体素质（快速反应和神经韧性），而后面抢登目标靠得更多的是运动员的经验技巧——何时切入新轨、如何控制姿态调整等。但要开始的实地测试中并没有加速设计，所以对于大梅的选择，陈寅有种说不出的古怪感觉。

"你这是准备要真实地跑一趟？"在一次心理训练中，他忍不住问。

"那要看最终评测结果。"

"我没理解。"

"没事。他们也都不理解。就像猎天赛，你理解吗？有些事情总要有人去做。"

"嗯哼。如果有资本，我也想参与一下这新一轮的圈钱运动。"

"那只是附带的利益，绝不是初衷和目的，不然也就不会有逐星。"大梅挺直身子。

"所以现在是资本向更大的资本投降了？"

大梅挑起一边的眉毛说："你是逃了所有的经济学课程吗？小众永远无法让市场正常化。"

陈寅撇了撇嘴说："实话实说，我不觉得现在的航天对整体经济能有啥影响。一是之前资源透支严重，二是已度过最初那段低潮，现在不是又有新的支撑行业了吗？"

"不仅仅限于经济，非要往大说，还有人类的选择。"

"我没想到资产阶级也能拯救人类。"

"那是因为你不知道对方为此付出了什么。"

"你和我爸肯定会有不少的共同语言。"陈寅摆着手，不以为意地说，"我一直都认为太空探索退潮是必然的，不管有无坚持。因为失重 ED（男性勃起功能障碍），使得这个行业本身缺少性驱动，而人类社会的发展靠的就是这个。"

"反过来想不是更好？这恰恰说明伟大的太空时代属于女性。"大梅说，"所以你更倾向内化的虚拟未来？"

"高抬了。我还到不了去操心人类未来的层次。无论是星辰大海，还是赛博朋克，对我来说都不过是资本主义的镰刀，敬而远之。"

"知道吗？信息茧房有另一种说法，叫是否看到一只鸡。"大梅跷起腿，向后仰坐，"这个梗据说最早来自一本讲电影的书，说的是一个导演拍了一部城市主题的短片，然后放给未开化文明的土著人看。结果发现土著人对里面的灯红酒绿、摩天大楼、科技等都视而不见，只讨论一只鸡，而那只鸡在影片中出现的时间还不到一秒钟。所以我们能看到的，都只是基于自我理解的东西。"

"说得对。沉迷的人看绿洲、蓬莱那些虚拟宇宙就是极乐天堂，但只要跳出来，就知道他们不过是被剥削大脑的韭菜。想想真是时代在进步，现在用假的东西就可以榨取个人价值，而以前还得巧立名目，造个词啥的，哦，还有理想和情怀。"

"听起来你应该是资本论原教旨主义者！"

陈寅从没听过这词，偷偷用终端查了下，却发现好多词条都自相矛盾，只得敷衍地应了几句，心里则再一次感慨资本家的造词能力。

随着训练计划的推进，各个项目也有序地进行着变化和调整，其中失重训练变更为浮力模拟训练。由此，陈寅得以体验了一番猎天太空服。

虽然这套新太空服设计轻便了不少，但穿起来依旧麻烦。许是第一次穿的原因，两个工作人员转着圈帮忙，才将他塞了进去。不是很舒服，像是厚厚的胶皮贴在身上。最外一层被不断地撕扯开，插入各种外接管，又重新粘封好。工作人员一边操作，一边交替地讲解穿戴顺序、外接管的功能以及相关的注意事项等。因为上天后，他得帮大梅穿这套东西。

"外管路在每一次行走后要重新更换，导气管和传感器也是。"一位工作人员说。

他点点头。经过前面几天会议的洗礼，他自认为对这套系统已十分熟悉。那些材质介绍、各项测试数据至今还在脑海里起起伏伏。其中液压电用的液体和他还有些关联——他读研时的一个项目就是全氟液合成新工艺的改良。那东西防辐射一流，其他特性各有优劣。但永远没有真正意义上的完美物质，只要能满足使用工况就是完美的。和老唐不一样，他不认为事故是材料本身的问题。当时，他只对每次比赛后就要更换外路管、导气管和传感器有疑问，因为这会提升使用到不合格零件的概率。传感器代表又拿出一大堆的出厂检测说明，以证明合格率近乎为百分之百，而且全员用到失效零件的概率更是小之又小。至于要求更换是因为对每次比赛后产品变化情况很难评定，或者说钱多到无需考虑再利用的问题。

有钱人的逻辑！

头盔比想象的要重，毕竟人工智能等主控系统都在里面。不过与从外面看不一样，里面有着厚厚的保护层，几乎包住了整个脑袋，那感觉像是某种凝胶。视觉上除了光线变暗，倒没有别的影响。

"是不是还得有层镀金的罩子？"陈寅转动着脑袋问，感觉凝胶并没有跑得到处都是，应该是另外的东西。

"没必要。这个新涂层也能很好地隔绝红外线。"大梅的声音从通信端传来，听起来有几分不真实。

"刚刚我还以为你是人工智能。"他开了句玩笑。

"那很遗憾。你那件里没有加装人工智能。"

这一点陈寅是知道的，人工智能需要脑机接口，大梅还为此剃了头，而他并不具备条件。尽管人工智能被宣传得神乎其神，但终究还离不开人脑。这或许和源头有关，强 AI 是在虚拟公司收割大脑的"韭菜"后才发展出来的，专家们认为突变点在于电子计算机与生物计算机的结合，包括人脑分布式的网络构建。这样带来的好处是不需要更多的硬件资源，就可以快速处理大量的数据。由于最终接驳的是神经元，使得头盔里看起来就像个壳子，缺少那些炫酷的界面。不过强 AI 与普通民众的距离还是太远，所以大部分人对人工智能的印象仍停留在语音识别助手上。

陈寅也比较好奇人工智能对接后的工作方式，不过大梅表示那很难描述，只是较为详细地讲了人工智能在发挥作用时的感受，并用了一个类似纯理性人格的比喻，又补充说："但在问题的处理上是模式化、程序化的。"

"听起来它更像是个处理思维信号的ECU(电子控制单元)。"他边说，边按要求抬起双臂。工作人员开始挂装气囊，即使套上了厚厚的保护层，气囊体积也都不大，前面集成了两个，后背一个，分别是氧气、氮气和姿态调整的备用气源，整体感觉像是背着远足的背包。随后太空服开始充气，之前紧贴皮肤的恶心感很快便被丝丝清凉取代，脖子以下都仿佛被流动的绸缎轻轻缠绕。头盔通的是氧气，与下面各自独立密封，不在氮气循环之内。

大梅忽然笑着说："他推过来几个网课地址，来帮助你区分ECU和人工智能的不同。"

"谁？人工智能？它们还会生气？"

"那只是根据我这里的信息，综合分析出来的最合适你的建议。"

说话间，他们已被吊着放进十几米深的池水中。陈寅张开双臂，体会着悬浮状态的失重感，而后划向面前的核心舱模型。不过这里水阻不小，动起来颇为吃力。大梅却轻松得宛若水中的精灵，绕着模型转了两圈，动作飘逸。举手投足间，不断有气泡喷出，仿佛是被挥洒出的珍珠。如果没有那些围绕太空服的管子，画面看起来会更美。

陈寅心生羡慕，因为缺少人工智能，他无法操控姿态调整器，只能笨拙地爬行。"话说，我为啥要进行这项训练？"他忽然意识到问题所在。

"你作为评测代表和方案总策划，不应该实地感受一下吗？还是说，你想直接来次太空行走？"

"好吧。甲方爸爸说了算。"

大梅已关掉调整器，正从模型的另一端爬过来。她说："抱歉，忘记和你说了，你最大的爸爸换人了，不然你还没机会接受这样的训练呢。我以为你一早就注意到了呢。"

陈寅耸了耸肩："所以猎天赛现在归航天局管了？"

"就算我们想，他们也不愿意。只是资源互换，他们得到想要的数据，我们得到便利。"

"听起来你们好像是吃亏了？"

"你是在笑吗？"大梅说，"合作上的事，不存在吃亏还是占便宜，各取所需罢了。而且之前一直也都有合作，只不过这次更深。我们有我们的优势，他们有他们的。"

"他们现在怎么样？"陈寅莫名想起母亲病逝前的那些光景。记忆里的灰色除了绝症，还有大退潮的时代渲染，以及父亲毫无意义的挣扎。

"这要看你问什么了？少量项目正陆续被重新激活，比如，空间站……"

"所以我们上去后，还有他们的任务？"

"合作要求之一。倒不复杂，实验中顺带手就做了。"大梅一边在模型上敲敲打打，一边说，"不管怎么说，这是好事，情况在好转，至少说明为之付出的没有白费……"

陈寅竖了下大拇指。他没傻到去问付出的里面包不包含七条人命。大梅此时停在他面前。墨黑的头盔下看不到表情，只留下呼吸的气泡，仿佛一条运动的银线直通天外。

三、结论

训练如期结束，没有什么小概率的事件发生。最后一天，陈寅填了一大堆评估表格后，便收到次日发射的通知。这让他有种山中不知岁月的时间错觉。余下的时间均被统一安排，包括如厕、就寝。

然而躺到床上，他却辗转反侧，并非激动，而是思绪杂乱。他坐起来，想着是不是要和父亲通个电话，但在拨通前，又放弃了。他努力地放空自己，可总觉得有什么不对劲的地方。一番折腾，最终不知是何时睡着的，不过很快又被叫醒了，头脑晕沉沉的。于是彻底成了牵线的木偶，直到被塞进太空服，赶入通道，攀进飞船舱。

他穿的是老式太空服，而大梅则直接套着猎天太空服，比水下模拟时还多了驱动模块。他看着对方后背上的燃料箱和几个喷射口，心里始终无法踏实下来，那种起飞后失控的画面不断从脑海里蹦出来。耳边尽是控制室对发射准备的通报，让人愈发地烦躁。

"这算新加入的实验部分，验证升空状态？"他切到两个人的频道问。

"你没考虑过多搭载一公斤重量要多耗费多少能源的问题吗？能省为什么不省？"

"资本真是无情到连自己都剥削。"他随口吐槽，不过没有开麦。

他知道这次搭载的火箭由航天局提供，但费用方面还是猎天出，相当于租借。透过舷窗远望，光秃秃的发射场地在阳光的照射下有些扭曲，让人愈发眩晕。他紧了紧身上的安全带，想着大梅他们使用的空天飞机与火箭的异同。

"你们那个也不算真正的空天飞机，更像是航天飞机的改装版。"陈寅忽然说。

大梅转过头，似乎无法理解他这种跳跃式的发言，可隔着头盔，看不清里面的表情。"飞机形式只是为了方便比赛。"她说，"这次除了合作，还要和空间站对接。而且不是几个小时的比赛，我们中途还需要拉上之前被离心发射甩到上面的补给。"

"所以我这也算参与到航天伟大复兴的历史进程里了？"

大梅没有搭理他，而是转到公共频道里回答与控制台发射前的互动。

"我看你们的流程中没有这么麻烦。"

"你要学会适应不同的爸爸。"

"我还以为曾经那场持续了好几年的疫情已经把官僚主义彻底消灭了呢。看来人类是没救了。"陈寅晃着脑袋说，"这种合作对你们没影响吗？这么重大的事故，如果不是资本控制，应该要被叫停了。"

"你忘了你是来干什么的吗？"

"我没想明白。还有必要吗？运动员都没了。"

大梅深吸了两口气，停了会儿，才说："你要是紧张、害怕，可以闭上眼睛，或者切换频道，有一个频道在播放舒缓音乐，有助于你做心理建设。"

"我没紧张。我害怕啥。"陈寅嘀咕着，却发现对方掐断了通话。

此时，火箭已开始抖动，他不得不抓住安全带，闭上眼睛。随后便被加速度的惯性拍在座位上，动弹不得。待一切平稳后，他发现世界不同了。湛蓝色填满了整个舷窗，上面流动着白色的云丝带。耳朵里仿佛有个气泡被捅破，他听见控制台通告的分离指令。接着太空舱旋转起来，舷窗外的景色也随之变换，地球与星空反复交替地向他描绘宇宙的瑰丽和宏大。他突然意识到自己似乎做到了父亲一直梦寐以求的事情，不由得大笑起来。

在他几乎快要笑岔气时，控制中心提示："请注意，即将通过星链残物带，可能会有撞击颠簸。"

"那些玩意儿还没清理干净？"他问。全球各国曾一度疯狂地抢占起低空轨道，这使得近地轨道上布满了小卫星。国际形势紧张时，又被轰碎了几个。虽然最终没有激发战争，但也让近地轨道变得一塌糊涂。不过航天竞赛时，大部分都被回收清理，他只是没想到现在还有残留。

"无须担心，只是有可能，而且我们的整流罩足以应对。"中心的回复十分官方。

"只是一个时代残留下来的名词罢了。"大梅说，"已经没多少碎片了，碰撞的概率比你中彩票还低。上层空间比想象的要大，没有凯斯勒预言的那般。而且这么多年，撞向外太空的碎片早就飞远了，剩下没法回收的也基本上烧没了。现在的都是之前个别速度较快的，不过掉到这个高度，速度也降下来了，用不了多久就将彻底坠落。"

事实也确实如此，没有碰撞、意外，变轨顺利，之后又成功对接，包括抓取补给。可除了星空，陈寅完全没有后半程的记忆。等回过神的时候，正跟在大梅后面爬进核心舱。

或许因为空间布局简单，核心舱里面看起来不像是空置多年的样子。他们俩按照中心的指令，依次激活、检查空间站各设备系统的状态情况。比预估的好，基本上没有大问题。随后，他们又对部分关键区域做消毒处理，更换通风系统和过滤器的滤芯，待显示空气正常后这才脱掉太空服。

陈寅觉得自己就像个被掏空海绵的布娃娃，但还有一大堆的补给等着整理和分类。不知是不是失重的原因，肌肉和骨骼并没有太多的酸痛，但整个人却像是被疲惫浸透了。即使空闲下来休息，他也觉得自己就像张被胶带贴挂在墙上的手纸，怎么待都不舒服。

往后的几天，许是集训的效果，陈寅的状态好了许多，但睡眠依然没有改善。而大梅则如鱼入渊水，仿若原本就生活在这里。每日几次的高强度环站行走，似乎也没能对她造成影响。而且和在下面训练时不同，大梅还需要往身上喷一层黑色的隔温涂层。那东西不透气，所以喷涂和清洗室的通风口几乎天天都要清理。

至于空间站的任务，大梅在第三次出舱时就完成了。

"那是啥？"陈寅在大梅返回做软件调试时问。

"激光通信的发射天线。原本的那个在几年前坏掉了。"

"那不是在项目停掉后坏的吗？就算重启，也没必要这么着急修它吧。"

"记得金乌二号吗？"

"后来那个探日卫星？"

"它还在工作。而空间站还有对其信息中继的作用，所以最近几年的太阳信息都在这里。"大梅边说边调出轨道图的投影，上面代表空间站的红线不断地刷新变化着，还有条蓝线和几个地面上的红点。"因为运行轨道比之前有部分偏移，天线又是后装的，所以信息传输程序需要重新匹配。这两天除了实验，这个也要麻烦你看一下。不用做什么，如果有问题，地面会有指挥。"

陈寅点点头："那条蓝线是之前的轨道？"

"是 TY-10X。"

"看起来每天有两次能与你们的目标擦肩而过。"

"还是有距离的，与比赛的起始距离接近。"大梅随后问，"今天的实验怎么样？"

"好消息是一切正常，坏消息也是一切正常。"

实验本身没有问题，按部就班地顺利进行着。而他们缺少的是快速碰到问题点的运气。随着时间的推移，陈寅不免担心起来。如果实验最终没能排查出问题点该怎么办？或许这才是老唐贼兮兮地把他推出来的原因。然而心底涌出的不安强烈到远超他能想到的最坏情况。

"我给你约了中午的心理疏导。"大梅在穿戴太空服时对他说。

"啥？"他捏着手里的管子问。

"你洗脸时没照镜子吗？你这两天状态不对，比火箭发射那会儿还夸张。"

他"嘿"了一声："那我还得谢谢你的关心。"

"不用。我只是为了我的安全。"

"听起来，你对我的信任度还没有人工智能高。"

"不是针对你，而是指人类的不可控性更大。"大梅拿过他手里的管线插在胸前。

"所以会议上你会支持人工智能公司。"

"无论是人工智能还是其他配件，我都不觉得有问题，一定是有什么我们不知道的疏忽造成的。这也是我赞同实地测试的原因。"

"那为啥还要开原本就没有意义的会？"

"谈判技巧，博弈的必要手段。坚持线下见面会也是如此。要让后面的决策方看到决心、策略，磨到彼此妥协。不然你的方案怎么能通过？"

"我以为只是利益交换，用你的'钞'能力，却没想到资本也内卷得跟政客一个样了。"

大梅此时已把头盔戴上，没再接茬说下去。

心理疏导确实有些效果，但陈寅并没轻松下来，实验依旧没有排查出问题点。眼见实验计划进入尾声，大梅也逐渐变得紧张起来，或许也因日复一日的实验让最初的新奇感被枯燥所代替，还有高强度的太空行走所带来的压力。一结束行走，她就悬浮在控制台旁，反复对比前后实验数据以及地面专家组的反馈分析。

"你要不要也来个心理辅导？"

大梅从投影中拨出头来，一脸莫名其妙地看着他。

"或者说做个心理建设啥的。"陈寅想着措辞说，"怎么说呢？网上有些不太好的，关于你们上次比赛事故的，甚至有点病态……我主要是想你们可以查一下视频源泄露的问题。"

那些视频是无意间刷出来的，当时他正在查资料，准备应对最终实验无效后的说辞。他之前也玩过浸入式视频，却没想到现在都玩得这么野。最火爆的是死亡浸入，尤其猎天这种前面还有极速体验的，里面所有的声音弹幕都是观看者自渎时的呻吟，不堪入耳到不得不开启年龄保护。如此看来，人类文明并没比几千年前的古罗马时期有什么进步。

大梅沉默了一会儿说："没有商业泄密或盗取。谢了。我清楚是怎么回事。"

陈寅寻思了好半天，才反应过来："还是利益交换？所以你们已经连自己人的剩余价值都不放过了？"

"你当过键盘侠？所以才能这么熟练地随意评价根本不了解

的事情。"大梅握住头顶的把手，稳住身子，紧盯着他说，"你了解这方案背后牵扯到的利益方吗？你知道逐星或者猎天能够坚持下来所代表的意义吗？你又清楚这里面大家为之努力、牺牲了什么吗？"

"你不觉得说辞很熟吗？老剥削阶级的套路了。"

"那你又是什么阶级？可以站在道德制高点上，对其他人指指点点！"

陈寅撇了撇嘴："至少我不会把崇高挂在嘴边。历史也证明，理想、情怀不过是些粉饰的道具。"

"哈！"大梅怒极反笑，"你这种人我见多了，自以为看透一切，总觉得其他人都是笨蛋，要么就是社会黑暗，不屑这个那个。可实际上只是个既没能力又没理想的可怜虫，只能自怨自艾，觉得全世界都在亏欠你，却从没想过自己对社会其实也毫无贡献！"

"那你可能不知道，大部分人活着就只是活着，理想那玩意儿都太过奢侈，更别提贡献了。而一旦看不清自己，往往还会连累其他人。"

"你在暗示是你原生家庭的错？"

"不，我只是比我爸多了自知之明。"

大梅做了几次深呼吸，松开手，让自己重新悬浮于投影之间，摊开手说："所以现在键盘侠的吐槽连自己都不放过吗？你说得对，我们应该做个心理疏导。"

陈寅也点了点头："你说得也对，人类确实不可控。"

许是突来的争吵让部分压力得以宣泄，两个人都平和下来，可气氛却有些尴尬。大梅轻声咳了咳，重新看起数据。陈寅也不好独自离开，便调出另一组数据研究起来。按实验安排，只剩下连接密封还没有做完，目前看也不会有问题。其他备件的结果数值与会议展示的并无不同，抛开误差，基本可以看作是一致的。

"或许我们得考虑设计下动态测试。"陈寅说。

"我有准备。"

他搔了搔鼻子："我说的不是真人实测。目前这个是静态方案，有意地忽略了加速度。而现在看加速阶段是比赛和我们最大的不同。"

"你认为问题出现在那儿？"大梅皱起眉，"但事故发生都是在加速之后，而且返回的日志也能证明这点。"

"也可能存在某种延迟。"

"这种假设没有意义。如果存在延迟，一早就出现了。"

"这又回到最初的说法，延迟很有可能是环境造成的。"陈寅觉得似乎抓住了点什么，可当他想将顺、看清时，却发现那只是一种错觉。

大梅也低头沉思着，随后拉出个新窗口，操作起来。他凑过去，瞧了一会儿，问："你在关联啥？"

"空间站的接收天线和我的太空服。这样，数据就能实时传输，而不像比赛时，会因接收卫星的限制，每人只能按固定频次回传信息。"

"所以你想实地跑一趟不是在开玩笑？"他搓了搓脸，"我不建议。首先这在计划之外，不合规。还有，别忘了其他甲方，他们也不会同意。而且太过草率……"

可大梅却连头都没抬。"这是我个人行为。后面我会签署一个免责声明给你。"

"不是责任的问题。"他下意识地辩解道。但心里清楚，一旦出事，有没有那份声明，于他而言都毫无意义，终将成为各方势力宣泄怒火的牺牲品。经过这段时间的相处，他也清楚对方打定的主意很难有改变的可能，至少他没有办法，心理疏导也一样。他忽然觉得这个比赛被设计出来大概率就是用来折磨他的。

叹了口气后，他调出日程计划表。还有一天半的时间。如果能设计出合理的动态测试，应该可以阻止或延缓对方发疯。他把实验期的监控数据都整理下来，一时间满屏密密麻麻的数据流，好几分钟后才停下来。还好能转换成趋势图形，才不至于被搞得眼花缭乱。而后又申请条线程，联系上老唐，从他那边寻了份比赛时七个人的反馈数据。其实找大梅会更快，但他本能地回避了这一选择，何况对方也不一定把数据带上来。受限于带宽，又时不时地掉线中断或是跳转中继，传输速率始终慢得如同爬行。这倒避免了老唐问东问西。

待接收完成，他继续整理数据。不过由于比赛记录的是标准时间，以及信息的不连续性，不得不一项项查看，才与实验数据的时间对应起来。他已经很久没有这么认真地做过一件事了，甚至忘了时间的流逝。

"你这在忙什么？"

闻声，抬头。大梅正从生活区飘过来。他完全没注意到对方是何时离开的，扫了眼时间，已是第二天，不过确有斩获。他搓着下巴问："如果太空服的电耗增大会是啥原因？"

"很多方面都有可能。调整姿态的不良操作、线路本身，还有零部件的原因，比如泵、压缩机这些原本就是能耗大户，具体可以看一下增长幅度。"大梅蹬着墙壁，游过来。

"增幅不大。如果不是图形对比，根本看不出统一的变化趋势。"陈寅指了指整理出来的曲线图，"看这里，比赛的加速阶段后，所有人的能耗都出现了变化，这正常吗？"

"其他数据呢？"

"别的缺少这种规律性。再早的比赛数据有吗？可以拉过来对比下。"

"我去找。"大梅转到另一边，激活终端，"但这不像是部件问题，否则不会这么一致。"

能快速找到的数据中，记录能耗的只有一小部分，不过作为对比参照足够了。得到的转换图形和计算的变化趋势，与实地实验的数据大体重合。

"所以这很可能就是我们要找的。"陈寅不断地念叨着"加速,加速",脑子飞快地转着,试图找到这种规律变化的所在。

"右边上角那个图是什么?"大梅问。

"氮气循环泵的流速。"

"坐标值调小些。尾部好像有分叉。"

放大后,确有不同。可七条"虚线"并不统一,趋势线有点像折扇的骨架,都比实验的要高些。

"图例也请放大些。"大梅抿着嘴看着数据,沉思片刻后,抬起头说,"这恐怕不是问题点。流速的高低和实际加速阶段的排名几乎一模一样,这是加速带来的氮气流速变化。而氮气作为系统控温隔热的介质,确实会根据具体环境受人工智能调控,做温度调节,这种变化是正常的。而能耗的小幅增加应该来自氮气系统压缩机功率的变化……"

"等下,你上一句说是啥?"陈寅感觉自己一下子抓住了飘荡的线索。

"压缩机功率的变化……"

"再往前。"

"温控系统的自调节?"

"对,那么问题是为啥猎天赛之前的比赛没有类似的调节?"他快速地说起来,生怕灵感稍纵即逝,"因为环境变了,300千米的高度,虽然空气密度小得可怜,但仍比外太空要多得多。而在七八个 g,甚至十几个 g 的加速度下,与空气分子的碰撞完全可能摩擦出足够的热量。"

"那影响是什么?我们的温控手段完全可以应对。"

"问题在这。"他调出传感器的资料,"你们为了减重,去掉臃肿的防护,改为液电式。而你们采用的合成液无论是抗辐射,还是抗高温、抗氧化都确实无双,寿命更是长得吓人。但它有一项最大的缺点，就是黏温性极差。"他见大梅皱起眉，便进一步解释说，"我们都知道绝大多数液体会随温度升高，变得越来越稀，也就是温度越高黏度越小。而不同液体，随温度升高黏度变小的趋势是不同的，这便是黏温性能。性能好的，温度升高，黏度变化不大。反之不好的，有可能常温下稠得像胶，几度之后就变成水了。而你们的合成液虽没这么夸张，但也极差。一旦短时温度变化较大，黏度变稀，传输压力也会随之变化，那势必影响到液电传感的精密性。"

"你是说温度造成传感器失效？"

"准确说是短时间的温度剧变，使得传感器解读或输出信号出现偏差。因为如果不是骤变，人工智能完全可能自适应。这使得姿态调整方向出现偏移，越是调整，偏移越大，最终冲进大气层。"

"怎么证明？之前也有高温测试，结果都正常。"

"没记错的话，那种测试看的只是结果值，要么是1，要么是0，而我们现在说的是传递精密度，看的是零点几。不过想验证不难，只需将原实验接受单元更换成可读取信号信息的就好。"陈寅想了下，继续说，"会议资料里人工智能公司有提到最初匹配人工智能时，对整套太空服做过仿真建模。可以利用他那套东西，按新测试的精密度修改参数，应该能模拟出比赛的运动轨迹。不过具体的温度变化未知，可能要大致估算一下，或者多代入几个值。"

"这倒容易。温度估算可以找人工智能帮忙。"大梅一边向地面发送补充测试的要求，一边拉出接入线，插入后颈的接口。

他则摇着头说："人工智能还是不够智能。如果是真聪明，第一次出现调整问题时，就应该对比与预计位移的偏差，再小距离调整姿态两次，便能导出一个修正办法。所以说它是ECU没啥毛病。"

"因为机器人定律，不授权不主动。然后他想告诉你，他有个更好的修正方法。"大梅笑了笑说，"地面回复了，今天稍晚就能出验证结果。"

"那今天的实验还做吗？"

最后，大梅决定要有始有终，但两个人的心思都已不在实验上了。

陈寅在思绪几乎飞到宇宙最远端时才拉回来，又盯了会儿实时的监控数据，没话找话地说："知道吗？按照文学作品的套路，这个时候可能会发生一些小概率事件，诸如，地球爆炸、外星人来了……"

"闭上你的乌鸦嘴！"大梅的声音从无线电里传来，"我准备回舱了。"

"是真的。然后经历了这些重大事件之后，我们会取得某种和解，或是得到了自我救赎。"

"和解？你不是一直把我当阶级敌人？"

"没那么夸张。知道吗？我现在最想做的就是去找我爸喝顿酒，然后好好地炫耀一番我这次太空之旅。"说完，他大笑起来。

标准时间 16 点，他们收到了传感器测试报告和仿真结果，与分析的一样。于是最后一根紧绷的弦也松弛下来，他一下子感到前所未有的困倦，很快便睡着了。

这是他上天以来，睡得最安稳的一觉。

四、附录

大梅比闹钟早了十分钟醒来。四下里很安静，这让原本已化作背景的空间站运转声凸显出来。她解开绑带，尽量小心地整理了下内务，避免吵到陈寅，随后飘向中控区。一切正常。她打开运行轨道投影，扫了眼目前所在的位置，以及到达标注点还需要的时间，又估算了下自己的行动计划。虽然有些饿，但她没有进食的打算，只是从备件区拉出那套早已准备好的备用太空服。上面的线路都已接好，无须帮助，便可很容易穿戴整齐。之后她连通人工智能，依次检查一番，确保无误。

进入气闸舱，等待抽气时，她感到一种极度的平静。没有不安，没有激动，甚至连往常行走时的紧张感都没有一丝。然而，她也清楚地知道身体里的每一个细胞都在兴奋地想要大叫。这种怪异的矛盾让她不由得微微颤动。

接着，闸门打开，她一跃而出。

就在逐渐远离空间站时，频道里传来陈寅的吼声："我不记得我们今天还有实验。"

对方的态度在她意料之内。大梅平静地说："我在做验证试验。毕竟实践才是检验真理的唯一标准，不是吗？放心。最终认可结论和免责声明，我昨天已发到会议组群里了。"

"你是砸钱才通过心理评估的吧！"

大梅哈哈大笑起来："你是对分析不放心，还是后悔没早点认真起来？"

陈寅吸了口气说："主要是我完全看不出这样做的必要。"

她仍笑着，摇摇头，不想再就这个问题做讨论。对方永远也不可能理解，即使他都明白，就像很多事上她也不能完全理解他一样。所以她沉默了一会儿，才说："你就当是我的自我救赎吧。"

陈寅也沉默了一会儿说："已授权给了人工智能？"

大梅已开始加速，便没再回复。突然间，她觉得自己很开心，是那种从心底涌现的喜悦。之前所有的纠结、愧疚、自责、压力、痛苦与不舍都仿佛化作燃料，喷薄而出，成为加速的动力。这一刻，她是属于宇宙的，宇宙亦属于她。而人类也应该是。

她放松身体，维持姿态稳定。人工智能每秒都在反馈实时的加速度。2.4 个 g……3.3 个 g……4.5 个 g……这感觉和之前比赛不一样，没有其他人在频道里大呼小叫，说着各自的垃圾笑话。哦，还有陈寅的呼吸声，但那似乎遥远得微不可闻。她第一次想象着自己加速时的画面——是否像一颗拖着长尾、一往无前的彗星？

随后的某一瞬间，她仿佛冲破了宇宙的壁膜。到处是绚丽的星光，宛若搅动的彩虹。她似乎见到了一些人，又听到了什么声音，但没等看清、听清，就又都被星光掩盖……

当她重新看清世界时，TY-10X 已在视线之内。两侧的太阳能帆板，像是一对张开的臂膀，想要拥她入怀。她长吐了口气。这如同一个信号，人工智能开始反馈交接昏迷时的状态情况，陈寅也在频道里问："醒了？要减速调整了吗？"

"不着急。"

说话间，卫星圆筒形的身子变得越来越大。目力所及，已能看清许多细节：外部的天线都有所损伤，左侧帆板更是有些变形，上面的电池板也多有破损。

"听说过死亡抢滩吗？"她问。

"跑酷还是飞行特技？"

"我不知道名词是从哪里借鉴的。但在我们这里，指的是足够接近目标后再迅速减速，接着靠环绕目标旋转抵消部分对冲能量，并以此保持相对位置，直到相对静止，抢登上卫星。如果控制不好，或者承受不住急减带来的反向加速度，就会一头撞死在目标上。但这是最快到达目的地的方法，也代表着要以更高的姿态调整技巧和经验……"

"对传感精密的要求也将更高。"陈寅打断道。

"没错。那你准备好了吗？"大梅盯着仍在逐步变大的卫星，声音也随之高扬起来。心脏的跳动仿佛已冲出胸膛，直击在耳膜上，将其他一切声音掩盖，只留下激昂的鼓声。这如同吹响的军号，她猛地开启制动，同时向右尽可能快速地翻滚，不断地调整姿态。整个人就像高速旋转的蒸汽纺锤，不间断地交替从身体各处喷出白汽。卫星几乎填满整个视线，早已暗淡的抛光面猛烈地从眼前划过，仿佛近在咫尺，甚至能感受到带起的风。但她知道这不过是肾上腺素激增引起的错觉。

尽管世界在颠倒，可精神却愈发地集中。她瞪大了眼睛，计算着每一次卫星闪现的时间，人工智能也在反馈同样的信息。一边比较，一边调整呼吸，配合着姿态的调整。她已基本控制住了节奏，不过仍有几次险些撞上帆板支架。

"成功了？"陈寅在频道那头大喊。

大梅仍没理会，那边有自己的实时监控状态。此时，她正重新调整姿态，让自己不再翻滚，而是面对卫星做滚筒环绕，开始二次调速，逐步缩短相对距离。

很快，TY-10X 上那些被太阳和宇宙鞭笞、撞击留下的痕迹已清晰可见。一道道深浅不一，还有散乱的坑凹，泛着斑驳的色彩，似乎在述说着什么，有磨难、有历史、有辉煌，还有残留的孤寂和宇宙的记忆……不知是不是一个人的原因，她体会到一种前所未有的宗教感。如果有灵魂的话，她已与卫星合为一体。思绪随着那份孤寂开始向宇宙蔓延……直到她停下来，可以伸手触碰到那些伤痕，才发现眼眶里已挤满了泪水。

"你哭了？"陈寅的声音里似乎也带着呜咽。

"你也是？"

"我这是被你吓的！"

大梅愣了一下，继而大笑起来，泪水被从眼角推出，化作一粒粒晶莹的珠子。

【完】

论时间旅行的可能

以下内容源自对博士于 3 月 6 日全校公开课的整理，其中删掉了大部分与内容无关的笑话，以及对现今制度、物理学界和讲演人妻子的各种抱怨与嘲讽。

首先，不得不说"时间旅行"是个被科幻小说玩坏了的领域，所以现在一提起它，很多人会面露不屑，不以为然地说："喔，那是个伪科学，根本就不可能。"

真的不可能吗？

我今天想从另一角度，并尽可能理论化地，来和大家探讨一下有关时间旅行的可能性。

说到这儿，可能大部分人都会举手说道："省省吧，没那个必要，因为甚至不需高深的数学或者物理知识就可以将时间旅行驳倒。只需要一条简单的悖论——如果时间旅行是可能的，那么为什么我们从没有遇到过来自未来又或者过去的人呢？"

关于这个问题，我想放到最后再来解答。现在我更希望大家能注意到，我刚才那句话里的两个关键词。

没错！过去，还有未来！

这很重要。我不知道大家有没有注意到这样一个非常有趣的现象——所有的物理定律在时间上都是可逆的，即无论时间正转、反转，物理定律都是一样的。哪怕是提出广义相对论的爱因斯坦，以及紧随其后的霍金、彭罗斯，他们虽然对时间做了更为详尽的阐述，但那只是观察者的主观时间。而主观时间并不是时间，就像河水和河里的鱼。所以时间对物理学来讲，并非决定性的要素，更不用提早已放弃因果关系的量子力学了。

换种更简单的说法吧。在我们刚学物理时，便知道时间只是个标量，它和力、加速度、动量不同。它不是矢量。这意味着它没有方向！

这正是我要强调的。因为我们在谈论时间时，恰恰无意识地为它加了个方向。过去、未来、之前（before）、之后（after）！

而为什么我们会这样做，那恐怕得去问心理学家、哲学家或者牧师。这不是今天我们要讨论的问题。但抛开无意识的方向限定后，我们便会从樊笼里挣脱出来，站在标量上重新思考，或许攻克时间旅行的壁垒并不是那么困难。

好了，一旦认可时间的非方向性，那它也便不再具有独特性。那么和空间维度一样，只是用来描述某种东西的分布特征或是一种物理表达。它可以无限大，亦可能很小。能够蜷缩起来，成桶成环，又或者类似 DNA 的那种双螺旋。

当代物理对于空间维度的理论研究已近极致，甚至开始妖魔化，比如超弦理论、多维空间等等，但并不妨碍以此类比。想象一下，时间维度，不再是因人为方向而限定的单一维度。它可以是一维的、二维的，或者存在多维时间。

简单一些吧，不然会跑题太远。估计很多人的科学启蒙读物是《平面国》，很不错的小说，在书店的科学科普类的分区里很容易找到，但实际上它是一部讽刺小说。不过科学性和想象力毋庸置疑，里面谈到了一维空间生物和二维空间生物。我们不妨衍生过来，试着想象一下一维时间生物——这个要容易想象一些。

这些生物没有空间，无法去旅行，更无法去攀登珠穆朗玛峰或者乞力马扎罗山，也看不到壮阔的大海、美丽的沙滩和那些性感的姑娘。但他们唯一的活动却是我们做不到的——旅行于不同的时间点。它们可以随意地变换年龄，当几天老人，再做几天小孩子，或者待在某一年龄上一辈子。

如果我是这种生物的话，或许从课程开始时便已变换了好几个时间点。你们会看到现在的我，满脸青春痘的我，刚刚结婚的我或者患有老年帕金森病的我。当然，如果真是这样的话，我更愿意永远待在结婚前那个单身派对的时间点上，不过我太太恐怕不会愿意。大部分人都会选择某一快乐或者节日的时间点上，不用考虑作业、加班或者该死的婚姻生活。

看，这就是时间旅行，简单极了。可为什么我们也生活在时间维度下，却无法做到呢？

喔？因规律。

空间限制。

还有什么？热力学。我喜欢热力学这个解释！

关于这点更好理解。热力学第二定律告诉我们，熵值永远是增加的，能量永远会有一部分以热量的形式丧失。这似乎预示着时间的不可逆。就像我们吃饭，食物从吞咽到排泄，其间被不断地咀嚼分解，熵值也随之变得越来越高。但无法再将排泄物恢复到最初的低熵状态，即盛在盘子里的那个时间点。

再比如从餐桌上掉落而摔得粉碎的玻璃杯，我们很难再让它变回到之前的状态，哪怕你是哈利·波特也不行。可这并非绝对。只要我们将玻璃碎片融化，重新塑形成杯子，它就又会光洁如新。

啊哈，我看见了，很多人已举手抗议。没错，重新塑形的杯子和最初的并不一样，就像赫拉克利特说的，你不可能两次都踏入同一条河流。但试想一下，如果我们的工具可以达到这样的工艺——重塑的杯子与之前的一模一样，哪怕每个原子，不，每个夸克的排列都一样，那么这两个杯子还有什么不同？是不是可以说，对于这个杯子，它重新回到了最初的时间点上？

可又会有人说，不可能有这样的工具。没错，但这是我们要在之后的几个课时里讨论的，而所谓工具就是我们常说的时间机器。

同样的，对于食物的转化也是。因为组成世界的粒子是相同的，只要借助工具将排泄物变成基本粒子——就像将玻璃融化一样，再由这些粒子重新组合成食物。尽管这么说会影响进餐时的胃口，但在理论上是行得通的。

打碎后，再组合。这听起来像二流科幻小说常用的设定，不过却也是最接近实现可能的。这或许要归功于量子物理对因果律的放弃。

先抛开工具，也就是时间机器不谈，那么对于时间旅行来说，我们就只剩下一个问题：该如何将粒子准确地重组并回到我们想要的那个时间点上。

我听见有人说能量。

没错，就是能量。你可以把它想象成电子跃迁，每个时间点都是不同能级的轨道，只要吸收或放出能量，便可以来往于相应的时间。

这时，恐怕有人又要问了，这个类比恰当吗？那么让我们回归时间本身。前面说了，时间是个标量，但同时也是个变量。而它又会随着观察者的速度、物体间的引力等因素的变化而变化。因此它的数学表达是个异常复杂的函数。

很抱歉，我这里只能简单地列出它的集合映射表达，而无法具体地列出式子或是详细的解析方程。毕竟每个人的时间函数是略有差别的，我们需要加上不同的修正值。但是尽可能地简化后，还是可以画出"普适时间"对应于观察者的速度和自身流速的曲线。

如屏幕上图片所示。以我个人的角度看，这更像是个焊在一个直管上的痰盂，在右侧似乎还被人踹了一脚。当然，超过光速的部分是通过理论推演出来的，也就是被踹的那个部位。不过在最前面——牛顿世界，这个部分是毋庸置疑的。

不过不管多么复杂，只要是函数，我们就有办法处理它。别忘了，伟大的傅里叶变换！有时我在想，对于函数来说，傅里叶变换就相当于时间机器比之于时间旅行。它是解决一切问题的最终手段。

我们甚至不需要多么复杂的变体，只需将时域视角转成频域视角。下面就是见证奇迹的时刻了。

惊叹吧！第一次看见这幅图时，我整整傻掉了一个多小时，直到口水把鞋子都浸湿了。现在知道为什么要用电子跃迁来类比了吧，因为在旋转九十度后，它与轨道的能级图是如此相像。

如此，能量的问题也便不再是问题了。

知道了能量值，那么制造出可激发相应能量的机器也便不是什么难事了。

于是，我们又回到了最初的那个问题——为什么我们从没遇到过时间旅行的人？这似乎还要归结到能量上。哪怕现在我们能十分精准地量化出两个时间点之间的跃迁能量，但别忘了，时间永动，这段旅行的起点便是个不可控制的变量。这就意味着我们计算出的能量值，在它得出结果的一瞬间便已经不准确了。

这有点像芝诺悖论。阿基里斯永远也追不上那只乌龟，我们同样也无法追赶上时间。就像伏尔泰说的那样："最长的莫过于时间，因为它永远无穷尽；最短的也莫过于时间，因为我们所有的计划都来不及完成。"

因此请记住，时间，一个不可控制的标量！

我要说的就是这些，这节课就到这里……哦，对了，谁要是从未来来的话，在指出我错误的同时，请告诉我下一场联赛冠军是谁。这可比时间旅行重要，会直接决定我是睡在床上，还是地板上。

谢谢！谢谢诸位！

【完】

老友记

　　由于年久失修，鞋跟里的陀螺仪越来越是个问题，这次只把我传送到森林的边缘，而这里距离目的地至少还有两英里远。于是，我不得不踩着高跟鞋，拎着沉重的工具箱，踏上这条泥泞而崎岖的小路——绝非人类开辟的路。

　　尽管这世界已因文明的侵蚀而变得灰蒙蒙的，但这里却鲜有人类踏足，不过还是能听见远处机器开动时发出的巨大轰鸣声。透过稀疏的树顶，放眼望去尽是些冒着黑烟的高塔。天空以及原本黄色的城市都已被染成煤色，空气里到处是弥散的臭味。这里要好一些，但已看不到多少活物了。死一般的沉寂，像是在对着世界默哀。

　　恐怕谁也想不到世界会变成这个样子。曾经的一切都已消失殆尽，只留下回忆供人们茶余饭后记起。但把这过错都归结于某一两个人身上，我觉得有失公平。可大多数人却不这么想，他们需要替罪羊来减轻自己的罪过。或许这也是为什么他会在这里隐居吧。

　　我这边胡思乱想，花了大半天的时间才走到林子深处的茅草屋前。刮掉鞋子上的泥，我拽了拽上衣，拨弄着头发让自己感觉好看些。

　　"你比往常晚了。"当我推开门时，小屋的主人说。他没抬头，正奋力地把煤块磨成粉。身后的蒸馏瓶里翻腾着不知名的液体，深色的蒸汽在导管的另一端凝结成滴，汇入烧杯。

我耸耸肩，无须解释，因为他根本没有生气。在很久以前，他比现在还要温柔多愁，哪怕无意踏到一只蚂蚁，也会伤心泪流。可后来他变了。但不怪他，不管谁被装上一颗冷酷的心都会那样。然而就在大战一触即发的时候，他又掉过头来，选择了人类。所以尽管我每年都会见他一面，却始终猜不透他的心。

"你怎么样？"我坐下来，但屁股却被管路和阀门焊接成的椅子硌得很不舒服。他没马上回答，而是转过身把烧杯中的油倒入磨好的煤粉里，像调咖啡似的搅个不停。那股浓浓的煤油味呛得我脑仁儿隐隐作痛。

"还是老样子。"他在这一切都弄完后说，然后又为我倒了杯开水。

但我看得出他并不太好，比起去年要颓废得多：身体上的铆钉都已生锈发黄，使得铁皮补丁或是脱落，或是卷起边来；胸腔内的活塞也变得吃力，尤其在他喝掉那杯油煤混合物后，我甚至听到砰砰的爆音，真不知道里面有多少个已经爆了缸；关节处齿轮发出的也不再是平滑的运转声，而是一阵阵尖锐的呻吟，像是无言的抗议；他的每一个动作都伴随着嘶嘶的泄气声，滴答的漏油声和润滑不良带来的磨损声。

"你有多长时间没保养了？"我问。真想不透他为什么要这样折磨自己。

"记不清了。现在没工夫考虑这些小事。"

"小事？那是什么大事能让你连洗个油浴的时间都没有？"

"保卫森林！"

看着一个满是油味的机器人说出这样一番话，我不禁大笑起来。但他却很严肃地说："这不是玩笑。文明入侵的速度比想象的要快，城市每几天就要扩张一倍。如果不去阻止，这里很快就会被蒸汽机和铁路取代了。"

"可你是他们的王啊！只要颁布条命令就好。"

"曾经是，"他说（我竟在他那张铁脸上瞧出一丝忧郁），"那时我还不是这副身体，而他们也只是群快乐的铁匠。但现在不同了，科技改变了一切，我被罢黜了。或许当我选择奥芝时，就已失去了坐上王座的资格。"

"一切都会好起来的。"我说，"或许我们应该重新集合起来，像过去那样，再开始一段冒险。别忘了，我们可有着战胜一切困难的美德——聪明、勇气以及善良。世界会被再次改变。而这次，我们的目标是一致的。"

"不！时代变了，我们再也回不到当初。"他的话像针一样扎进我的心里。"知道吗？他们俩组建了个飞猴党，用以纪念那些受文明影响而消失的魔法造物，并开始用暴力来抵抗文明的入侵。能猜出他们对外悬赏的第一位是谁吗？就是我！他们觉得我是文明的帮凶、奥芝的走狗，是曾经美妙世界毁灭的根源。"他摇摇头，对着我咧开嘴，看起来像是在苦笑。

奥芝，我不大好评价这个曾对我们有恩的男人。只知道他带着科技和文明再次回来，让生活变得更加便利，但也打破了传统和神秘，引起社会的变革。而当他和新兴的权贵们发生分歧时，他却意图发动战争。我也是在公审时才再次见到他，那时他已陷入了某种疯狂。或许能早一些和他聊聊就好了，可我却躲在纠缠不清的俗事里自怨自艾。

而面前这状态不佳的老友，更让人担心。我试着宽慰他说："这……或许只是误会……"

"不是误会，是理念的不同。我是文明的拥趸，我支持科技。即使是现在，也依然如此。"

"所以你才会接受奥芝的改造，成为机器人大军的将军？"我惊讶地问。毕竟过了这么多年，还是第一次了解到他的想法。

然而问题触及了他那段不愿提起的往事。他撇过头，一下子变得沉默不语。直到我喝完杯子里的水，他才僵硬地站起，瓮声说：“开始吧，一会儿我还得去森林边儿巡逻。”

或许是坏掉的汽缸太多，他远没有最初灵活，如同上了年纪的人类，缓慢地抬腿移脚，每一步都伴随着大量的蒸汽喷出。就在快走到床边时，他忽然梗着脖子不动了。“帮我一下，应该是颈椎处的那组小齿轮卡住了。”他说。

真感谢这场小事故，它让刚才的尴尬消失无踪。于是，我兴冲冲地跑到架子前，按照他的指示找到银制的油壶。估计所有人都忘记了他是怎么得到它的。如今它的表面布满了氧化变黑后的划痕，而原本镶嵌在上面的宝石也早已不知去向，只留下一个个大大小小的圆形印迹。

我让他放松，然后推正齿轮，滴上润滑油。这一瞬间，又恍惚回到了和他第一次见面时的情景。那时我还只是个爱笑的小姑娘，远不是如今这个被俗欲缠身的神经质女人。

“他后来怎样了？”在我换好工作服后，他忽然问道。然后就在我愣神时，他又飞快地补充说：“我只是突然想到的，可能除了他，已不会再有人懂得该如何彻底地修理我这具身体了。”

面对他孩子式的辩解，我情不自禁地乐出声来。这种过于人性化的表现，让我觉得那个身体改造之前的他还活着。只不过对他会突然问起一直在逃避的事情有些惊讶，因为就在刚刚他还表现得颇为敏感。于是便带着询问的意思瞥了他一眼，却只见他两个螺旋状的瞳孔不断地收拢、打开，似乎一时不知该如何对焦。我有种不大好的预感，因为这像极了我叔叔弥留时的表现。旋即又觉得好笑，我竟会将人类的生理症状套用在机器人身上。

我自嘲地耸耸肩，一边把他固定在床上，一边说：“被绞死了，像对待真正的骗子那样。罪名是‘使用邪恶科技损害自然与社会罪’，很可笑是不？当权派最开始还想找你出庭作证，不过后来又不了了之了。”

“那群孩子呢？”他明显颤抖了一下，但这也可能是关掉动力引擎后所引起的余震。

孩子？我略有疑惑，不过很快便意识到他要表达的是什么。"那些以你为原型的机器人，和被改造成机械城堡的翡翠城以及你那颗能操控一切机器的心都被安置在一起，作为博物馆供人们参观。可惜那场没能打起来的战争，对人类这种记不住伤疤的动物实在没什么吸引力。所以现在近乎荒废着，大部分都锈蚀得厉害。"

他沉默了好一会儿，才说："我还以为他们会被砸碎、重炼呢，不过这个结局对我来说要好受些。你可能觉得我之所以逃避，是因为出于对奥芝的愧疚。其实不然。我感谢奥芝，他给了我这具可以在文明下生存的身体，而不会像飞猴那样因环境改变而灭绝。但我并不亏欠他，因为他哄骗我说会给世界一个有序的、自律包容的文明，然而事实并非如此。我真正无法面对的是那些孩子，因为已有了太多的情感。尽管在你们看来这不算是生命，但它们会叫我父亲……"

可能是许久没有倾诉，我这位老友开始了喋喋不休的述说，这让人又看到了那个温柔多愁的他。或许他从来都没有变过，变的只是周遭的世界和我们。但现在更叫人担心的是他身体里所存留的电量，那恐怕不足以支持他做如此长时间的回忆和讲述。于是我不得不打断他，让他放空思想，然后在心口处插入发条，时不时地拧上几圈。

而这具身体已被糟蹋得不成样子：密封圈全部老化变形；齿轮没有不磨损的，甚至有几个还崩了齿；所有的联动杆、万向节上都糊满了油泥，活动起来已相当费劲。很难想象他是怎么坚持到今天的。光是换配件就花掉了大部分的时间，但由于我带来的零件并不多，所以只能先选主要的部位更换，再挑出一些可用的换到其他地方。而我一直没弄懂的关键部位——动力引擎——不敢轻易拆卸，只得维持现状。最后擦掉油泥，放空这具钢铁身体内的废油，我问："用来更换的新油在哪？"

他眨了眨那对圆形的眼睛。"床底下，不过今年炼出的新油不多，资源都被城市抢去了。所以我过滤了一些以前的废油，应该够用了。"

一时间，我有了种要把城市炸掉的冲动。或许飞猴党的做法并没有错，这种文明最终将毁灭所有的生命。而我这位老友的坚持，也更让人心疼，他还是一如既往的善良。

"有时想想，要是当初奥芝胜利的话，这世界可能还会好一些。"

"不好说。"他说，"这不是单纯的谁对谁错的问题，就像文明和科技无罪一样，欲望和利益才让人难以取舍。他后来所表现出来的疯狂和偏执，已与其所宣扬的理想相距甚远。他想把遇到的一切都改造成机器，甚至自诩为创世的神灵。有时我觉得他比我更像个机器人。那种身体虽还是人类，但灵魂却已经机械化。何况还有战争，建立在骸骨上、需要祭献生命的文明，和如今这贪婪的、满是臭气黑烟的文明一样，都不是我想要的。"

"可破而后立未尝不是件好事。"我一边说，一边从床下拉出油桶，将里面的新油灌进他的身体。

"这种想法过于危险，"他又眨了眨眼睛，"但很难消灭它。当科技文明刚刚展露出侵略性时，我就想去改良它，却苦寻无果，便有了这危险的萌芽。而奥芝正是利用了这一点。当我意识到时，已被他换给我的那颗冷酷的心控制得太久。好在还未铸成大错。"

我想接着发问，却又不知该如何开口，只好将问题压了下来。在重新发动引擎后，我打开床上限制，示意他起来走走。引擎还是老样子，但其他的运转要好得多。没有了杂音，这让他看起来年轻了许多。

"能坚持多久？"他问。

"这要看你。"我收拾好工具箱，边擦拭着手上的油污边说，

"短的话也就几周，所以我建议你尽量少动，或许可以坚持到三个月。"

"太短了。"

"没办法，上一年你用得太狠了，却没能及时保养。我回去后，会去再找找奥芝留下来的资料，希望能搞到引擎的图纸。"

"我以为资料都被销毁了。"

"是的。"我吐了吐舌头，"不过我偷偷藏起来了一部分，毕竟我曾是女王。你最好坚持两个月，之后我会再回来的。"

"回来？"

"没错，和你一同保卫森林。"我说，"我得先到翡翠城博物馆里转转，那里应该能找到一些可用的配件。不管遇到什么，你一定要坚持两个月，或者直到我回来。"其实我不知道两个月的时间能不能找到所需的一切，更不清楚够不够我处理完全部的俗事，甚至就连自己能否自由地兑现承诺也毫无信心。但我已下定决心，不再给自己借口，不再妥协。之前的犹犹豫豫已让我失去太多。

"你不必这样！会牺牲太多……"

我打断他："不！比起你们，这算不得什么。当年瓷国与飞猴消失时，我没能站出来。但这次，我决不允许再失去一个老朋友。我们得抓紧时间。我先走了，两个月后见。"接着拎起箱子，快步走向屋外。不过拉开门时，我还是问出了刚刚被压在心底的问题："后悔吗？选择了我们。"

他停顿了一下，抬起头说："的确现在有太多不如意的地方，甚至连生存也受到威胁，还要忍受因背叛孩子们而产生的愧疚折磨，但即便如此，我也仍会坚持当初的选择。这不是简单的社会变革问题，也不是所谓的正义与邪恶，而是人性，无论是铁皮人、机器人，抑或是人类。首先，我是个'人'。不管结果怎样、前途如何，我会选择先做个人，不然一切就都没有了意义。"

　　我不知呆望着他有多久，直到冷风撩起头发。所有人都错了，连他自己也一样。他从来就不缺少一颗伟大的心，只不过它被深埋在那厚厚的铁皮下面。我努力地控制住情绪，不想因太过失态而造成他的困扰，但还是禁不住上前紧紧地将他抱住。从那铁皮胸膛里辐射出的热度，烘得脸暖暖的，瞬间便蒸干了从眼角涌出的泪水。曾经的骄傲和勇气被重新点燃，而我却只能在心中默默地道谢。

　　之后，他和我一起迈出小屋，拿起立在门口的斧子。"我该去巡逻了。"他说，"保重，多萝西！"

　　我笑了笑，而后并拢双脚，轻磕了三下鞋跟说："你也一样。"

　　【完】

穿白袍的傀甲师

　　静气凝神！把心沉下来，用意识去感受。父亲的声音又一次出现在丘之仲的脑海里。

　　这让他短暂地分神。结果他仅堪堪避开迎头劈下的长剑，便被狠狠地撞了出去。等停下时，身上的傀甲已将地面犁出一道长长的深沟。扬起的尘土混着喷出的蒸汽让视线受阻，不过四周看台上鼎沸的叫喊声却异常清晰，有欢呼雀跃的，有撕裂了嗓子为他打气的，还有一群买了盘口的泼皮在一旁怪叫高骂。

　　整条左臂算废掉了，连被保护层包裹在内的胳膊也隐隐作痛，感觉像是骨折了。深沟里到处是变了形的零件，浸满牛油的肘关节联轴器就掉落在眼前，上面沾满了黑乎乎的泥土。可他却无暇顾及，因为对手巨大的身形已破开尘雾，直冲过来。

　　他暗骂了一声，只能拖着左臂就地打滚。尽管经过了几个月的磨合，他却仍无法将灰袍傀甲和祖传公式完美地协调在一起。毕竟不同派别间用来计算傀甲运动的公式差别较大，何况制作时采用的规矩度量也不尽相同。这让他每次发力或是移动，都很难达到预想的效果，更别说那些过于灵活的动作了。

　　曹钜子说过，他应该忘掉之前所有对傀甲的认知，从零学起。但从父亲那里传承下来的东西却早已深深刻进骨髓。而他更害怕长时间的学习会消磨掉意志，让人忘记了初衷。他需要堂堂正正地击败对手——用白袍的力量——来告诉父亲他当初选择的错误。

"你难道只会像老鼠般东躲西藏吗？"在丘之仲连续躲闪几次后，对手说，"还真是和你的老爹一样啊。"尽管经过厚厚的傀甲过滤，可那声音里仍充满着不屑。

"你没资格说他，叛徒！"

若在从前，丘之仲绝对已肝火大动，不管不顾地冲将上去。不过凭着极佳的战斗意识和灵活的身手，不管对手如何，他总能站到最后。但每次与人厮打后，都会被父亲责罚。注意你的情绪！父亲会挥舞着藤条说，你的意识太容易被外界影响了，这只会增加熵，无益于傀甲的操控。

熵，这个字纠缠了父亲的一生，也剥夺了他全部的情感。丘之仲曾努力地去试着理解，却发现得到的只有徒劳。他甚至觉得父亲也没能够很好地理解，不然也不会败给眼前这家伙。或许曹钜子说得没错，所谓的熵只不过是白袍传承时对公式的解读错误。

但现在不是溯本清源的时候，对方又接连发起了几次冲锋。丘之仲不得不重新拉开彼此间的距离，并全神贯注地计算每次躲闪起跳的时机，但仍有一两次险些被大剑劈中。对手越来越密集地攻击，也让他无暇抽出武器格挡还击。地面更是被犁得千沟万壑，使得躲避愈发的不易。

不过对方那如山的傀甲，除了直线冲锋，其他的动作都笨拙极了。而快速地进攻也使得对手负荷增大，傀甲后背上的烟筒已喷薄出火焰，引擎的轰鸣更是大得能盖过看台上的喧嚣。

这是红袍傀甲的通病，以牺牲灵活来换取高的攻击和防御。标准的战争机器！而世上也不可能存在完美的傀甲。红善攻伐黑善守，游侠灰袍优伶白。这是世人对各派的总结，却唯独对白袍满是鄙夷。可父亲总说白袍才是最完美的，那是祖先偃师的荣耀，然后就会喋喋不休地回忆起流派曾经的辉煌——穆天子叹兮称造化，出入副车兮……丘之仲曾一度想知道，在这种时候，父亲的意识是否会有波动？他熵增了吗？

"你在干什么？"对手大吼着，"只有这点斤两的话，可清理不了我这个叛徒。"随后是肆意地嘲讽。

但哪怕他说得再难听，丘之仲也不想去搭话。因为他知道对方不过是在拖延时间，好让连续驱动的引擎冷却下来。而他也需要时间来将之前不断闪避中得到的力量与距离的实际值和预想值进行归纳，计算出协调傀甲和公式的修正系数。短时间心算的结果肯定不会十分精确，但代入后，至少产生的误差能在可接受范围内。

这种默契的对峙持续了好一会儿，看台上已是嘘声一片。丘之仲望了望主看台，那里并没有骚动或是不耐烦。或许一些贵族、大夫们已觉得无趣，但慑于王的压力，都正襟危坐着。而年轻的王仍扶着护栏，站得笔直。从双节赛的比斗开始，他便站起来，并一直保持着这个姿势。这足见王的求才若渴。据说在比赛中被他看中的，更有机会加入禁军，一步登天。

然而丘之仲并不在意这些荣誉。他只是想在大庭广众之下将对手击败，归还所有的羞辱，尽管这非父亲所愿。

他抽出藏于后腰的匕首，挥动了几下。操控的精准度已明显提升，唯一的问题只剩下无法动弹的左臂。这时对方也取消了防御形态，像是被炸开的山石，喷着蒸汽舒展开身体。

"来吧。"丘之仲翻转手腕，将匕首暗扣，整个人蓄势待发。

"看来你已经准备好了。"对方随意地舞动着手里的长剑，"这场闹剧该结束了。"

"说得对！"丘之仲抢先跃了上去，却只斩在对手的胸甲上，离脖颈处的软连接还差三寸。但没时间再去修正误差，长剑已斜插上来。

"灰袍把你训练得不错。"对方说。

丘之仲借着格挡的力量，翻过对手的头顶，用进攻做出无声的回答。他本想破坏掉引擎的进气口，无奈傀甲的护板太硬，远甚于前面的胸甲，而巨大的反作用力更震得手臂发麻。

但他不得不快速撤身回挡，以避免腰斩的命运，因为对手已改为双手握剑，猛地旋转起来。然而空中无处借力，他只能卷起身子，算好时机，用匕首硬受一击。之后顺着剑锋滑出去。

除了攻城车，恐怕其他所有和红袍傀甲硬碰硬的都不会好受。丘之仲只觉得右臂也快废掉了，匕首几乎脱手而出，格挡后的余震让整条臂膀的肌肉都抖动不止。可未等落地，对手已发起了冲锋。他快速地点地，接连后退，却无法避开对方的冲击。

静气凝神！父亲的话犹在耳边。他强迫自己冷静下来，盯着眼前越来越大的剑尖。

"再见了，我曾经的师弟。"对手大笑着，"现在想想，连复仇都要借用别派的力量。你们还真是悲哀。"他的言辞和刺来的剑同样锋利。

"所以你永远都成不了白袍！"丘之仲咬牙低吼，之后猛地侧身迎了上去。这次不再有误差，和计算的一样，剑瞬间贯穿左臂。巨大的疼痛让他忍不住大叫起来，但对手的长剑却被傀甲死死地卡住。他们以一种特殊的方式连成一体。

冲锋带起的风呼呼作响，可仍吹不散从傀甲烟筒喷出的浓烟和驱动后卸掉的蒸汽。疼痛让丘之仲有了种心无旁骛的境界。这或许就是父亲所谓的低熵状态——在白袍的传承中，傀甲的性能会因此翻倍。

随后，他也大笑起来，奋力地扬起手中的匕首。

二

"公输左更，你现在还觉得红袍必胜吗？"王没回头，而是冷不丁地问道。

尽管有些措手不及，公输战还是从后排的看台上站起来，躬身说："当然。"此时场上略有被动，但还不足以动摇他的信心，不过却已让他之前的得意冷却了大半。

按照原本的设想，红袍傀甲将轻松赢得所有场次的胜利。而作为首领的公输战自然水涨船高，收获满满的荣誉。虽无战功无以封侯，但晋爵右更绝无问题，皆因年轻王者那不时从剑锋般目光中透射出的野心。只要双节赛完美收官，红袍将会成为整个王国的军队支柱。

大利西方。这是公输战得到红袍传承后的批命。确实，锐意进取的王者让他短时间内功成名就。而他也证明了，红袍傀甲是开疆扩土当之无愧的利器。从王入场时乘坐的车架就能看出他对红袍的器重。天子架六诸侯驷，可年轻的王却用了整整六架红袍傀甲来拉车。那些巨大身影喷出的浓烟，让镶金的黑色车身愈发的深沉、庄重、肃杀。这似乎与礼不合。然而天子积弱，还有何礼可存？

公输战却觉得这注定是个红袍称雄的时代，而辉煌的起点正是这次的双节赛。可下面的灰袍却破坏了一切，尽管最后免不了失败——没人可以正面战胜红袍傀甲，但他已分走了王的注意，就像现在。

这对公输战来说，就犹如完美的画卷已被污损。他决不允许，于是进前一步，补充道："吾王明鉴，那灰袍看似凶猛，实则是做无谓挣扎。灰袍傀甲灵动有余，但动力不足，防御更是比不过原本同为一脉的黑袍。因此进攻越急，动力消耗越快，一旦耗尽，便是失败之时。"

王点了点头，缓缓说："不过那灰袍的韧性却是了得，在废掉一臂的情况下，还能组织起如此的反攻，算得上人才。"

"那只是假象。"公输战可不想让那灰袍抢走风头，他说，

"为了增强竞赛的观赏性，我特意叮嘱过红袍可以在稳赢的情况下，让对手有所表现。这种一照面便残废的傀甲正好用来表演，索性作为节日庆典的杂耍，博君一乐。"

话音未落，后面的座席中便响起不少的嗤笑。他晋升得太快，早已引起不少人的不满。何况这理由过于牵强，前面几场的比赛，红袍都是以最短的时间碾压对手，那时怎么不见提高观赏性？

王也轻翘起嘴角，公输战的小心思任谁都看得出来。

"况且吾王所需的是冲锋陷阵的勇士，"公输战没理会他人，而是接着解释，"可灰袍过于单薄，若是民用，仗剑游侠、对付个把平民还属尚可。但两军阵前，只会是吸引火力的累赘，更难以胜过列阵杀敌的士兵。唯灵动有余，却无用武之地。曾有诸侯使灰袍为斥候，却因傀甲无法掩盖噪声而失败，反不如受过训练的猎户。"

年轻的王者微微皱起眉头，挥挥手示意他说下去。

公输战连忙上前一步，高声道："而且灰袍的公式又过于烦琐，对操控素质要求极高，很难大面积推广或是组成军列。而我红袍却在进步，精简公式。最近实验的这批傀甲，只要制作得当，甚至稍加训练，就连北方蛮族亦可操控。

不过最重要的是，灰袍的理念与我们不合。那套兼爱的想法，让他们更喜欢混迹在那些小诸侯的王庭里。尤其是如今吾王昌盛之时，不得不小心一些。外来者，难免没有别的心思。"

这话就像是泼进油锅里的水，让身后的大夫们一下子喧闹起来，甚至影响到了其他的看台。自从先王发布纳贤令以来，这种争论就没停止过。旧贵族与新贵族的碰撞，以及新新贵族的加入，无数利益集团你来我往的争斗，这倒方便了王权的统治。但外来者几个字，仍是个不宜触动的马蜂窝。

"左更大人，似乎忘记了五年前的那场双节赛啊。"声音是从最后面传过来的，低沉却很洪亮。等看清来人，原本还相互争执的贵族大夫们都噤了声。

公输战不自然地抽动起脸皮，对方那身黑袍就如同头顶那阴霾的天空能将阳光冻结。田子丰，黑袍钜子，但在他看来，只是个虚伪的家伙。早已放弃了原本墨家的思想，却仍在大谈什么不攻，可大部分的战争傀甲还不是他们造的？一副淡然处世的样子，却借着王师的名义，对诸多事情指手画脚。就好比这场双节赛，邀请出席时他推却了，可偏偏现在又蹦了出来。

更可气的还是对方的那句话。五年前的双节赛正是公输战一战成名的时候，从一个落魄的外来贵族一跃成为王国翘楚、红袍的魁首。所以严格意义上，他也是外来者。这让他感觉好像是被自己狠狠地扇了个耳光。

政敌们开始故意地大声嘲笑，不比那些下面看台里的泼皮文明多少。公输战极为羞愤，脸色几乎与身上的袍子一个样了。他恨不得自己跳下去，结束下面的闹剧。他原本还很看好场上的弟子——尽管是野路子出身，但那种韧劲像极了曾经的自己。可现在，如果可能的话，他会马上把这个红袍弟子除籍出去。

不过田子丰倒没有讥讽的意思，语气平淡得仿佛只是在陈述事实。他走到王的后面，施了一礼说："而且我也不认为傀甲简单到连蛮族都能操控是什么好事。六十年前那场北蛮取皇都、弑天子的烽火之变，至今在青史竹坯上的漆印还未干透呢。"

公输战嗤了一下。稍有政治嗅觉的人都知道，烽火之变不过是北地诸侯故意为之的，他们放任蛮人长驱直入，视烽火于无物，来换取各自最大的利益。但这里面满是诸侯间的博弈，所以谁也不会将真相堂而皇之地讲出来。

他不想在这种问题上纠缠，开口反驳道："田钜子何必偷换概念。我举蛮人的例子，只是想说明我之傀甲简单易用。哪怕思维简单的蛮人，稍加训练，即可操作，何况他人！"

"那对所有人来说，都将是一场灾难。"

"恰恰相反！那会是无上荣光的起点，独一无二的全傀甲部队！"公输战不屑地撇撇嘴。腐朽的观念！他之所以会远离故土，除了那道批命，更多的是因为这股保守的思想在门派里已根深蒂固。他被嗤为异类，只能流落他国。

"好了。"王出言制止了两人尚未开始的争论，不过兴致已受到影响，没再提起下面的灰袍，连对竞赛也变得心不在焉。

这符合公输战的期望。可田子丰却走上去对王耳语了几句，随后年轻的王轻叹了一下，黑袍便紧接着继续小声进言。

公输战不知道对方在搞什么鬼，但对自己来说估计不会是什么好事。正当他猜测黑袍的意图时，却听到王突然问道："公输左更，你对白袍怎么看？"

"白袍？"公输战愣了一下，一时参不透这问题的深意，不过还是极为不屑地说："那不过是群戏子、媚臣罢了。"

没错。尽管白袍是烽火之变最大的替罪羊，但本身也脱不了干系。这个曾经是傀甲师最高的殿堂早已堕落，沦为一群蛀虫。

王没正面回应，而指着下面道："公输左更，那个灰袍可没输。"

三

丘之仲没想到灰袍会把总坛设在闹市，这让他不得不在喧闹的人群中挤来挤去，险些迷路。

所有人都是来赶上元节大集的，有买东西的，有卖货的，有表演杂耍唱戏的班子，修理武器和农具的铁匠，不断将肉扔进铜鼎的屠夫，以及推着炉车卖开水的。各种吆喝声此起彼伏，交织在一起，包括相互推搡的人声和孩子的哭闹声，并混杂着肉味、糖味、面粉的香味，通过耳朵和鼻子一起冲击路人的脑袋。

而他更想不到的是，那几个裸着臂膀屠牛杀猪的汉子竟都是灰袍弟子。当他展示了信物后，其中一个便胡乱地擦了擦手上的油脂，接过去，进去通报。再出来时，也不多言，仅挥手示意他跟上。在领着他绕过一大摊血水和几只正在放血的动物后，从屋后旁门穿了出去。

后面是一个演武场，青石铺就的地面，两旁各有一排傀甲，其中几个正被拆解保养。灰袍傀甲的特点较为明显，大约两个成人的高度，四肢粗大，但身体却很小，脑袋则像个倒扣的尖斗。所有的流派里似乎只有白袍的傀甲最接近人形，无论是身体比例还是整体形状。不过这也只是丘之仲的猜测，因为白袍傀甲他也只见过父亲的那一具。

演武场之后是个不大的院子，中间是一口大鼎。三五个弟子正不断地向下面添柴，还有两个站在两侧搭起来的台子上，用长杆上下搅拌着。牛骨的香气随着搅动在院子里四溢，持续不断地熬煮让空气里都仿佛充满了厚厚的油脂，似乎只要深吸口气，就会被浓香的骨髓油填满鼻孔。

而煮出的牛油在后面的池子里被进一步处理，这让原本弥散在空气中的肉香也随之被硫黄和硝石的味道所取代。之后不断有打磨、加工好的傀甲零件被推运过来，倾倒进经过处理的滚烫的黑油池里。一个干瘦的老者就驼着背站在池子旁边，不时捞上一两个零件查看，对蒸腾出的热气浑然不觉。而他手里一直握着丘之仲的信物——一副连接轴的木质模型。

引路弟子带着丘之仲来到老者身后，唤了声"钜子"，便施礼退下了。

老者负手转过身，打量起被热浪熏得睁不开眼的丘之仲。高盘的发髻和上翘的山羊胡相互呼应，将脸不成比例地拉长了不少。片刻后，他说："我等你很久了，白袍小子。"

这句话一下子将丘之仲的心攥了起来。原来在自己抱怨、哀痛时，父亲已将一切都安排好了。可越是这样，他越觉得难以接受，就像这呛人的气味和辐射过来的热量，只会让人觉得痛苦。

"你可以叫我曹山、曹老头，或者和别人一样叫钜子，只是个称呼，随你喜欢。"老者把他带到稍远的阴冷处，这里的味道和温度要舒适得多，"在这里，你会一直得到庇护，哪怕钜子交替，都将待你如手足兄弟。若想加入灰袍，亦欢迎之至，与其他弟子绝无二般。你甚至可以做任何你想做的事，但除了有关白袍的一切。"

"这不可能！"丘之仲想都没想便拒绝了。

"这是你父亲的要求！"曹钜子目光灼灼地盯着他。

丘之仲与老者对视许久，最终败退下来。这就是父亲的安排？那白袍的骄傲呢？先祖的荣耀呢？他想大喊、宣泄，却都只化成一阵欲哭无泪的大笑。整个人仿佛被抽掉了椎骨，跪坐下来，这么长时间的坚持一瞬间被击得粉碎。

"他是对的。"曹钜子说，"'白袍'两个字对于你来说太过沉重，里面有太多的压力、责任，想想你父亲。而关于它的传说，更足以让某些野心家为之疯狂。对应到你，便是危险。"

"这算什么？"丘之仲抬起头问。

但老者显然没能理解他的意思，而行至池边，捞起个轴瓦类的零件，油乎乎地掷了过来说："眼熟吗？白袍的技术。木炭与铜、铁的合金，这种铸件具有许多细小的孔隙，加热后可以吸附更多油脂。虽然牺牲了强度，但对于侧重灵动的我们来说，却是制造连接部件最好的材质。还有这些硫化处理后的牛油，让润滑愈加持久。这都是你父亲教的，十年前。用曾经白袍不传的秘密，来换取对后代的庇护。"

"这算什么！"丘之仲再一次大喊出来。十年前！他突然发觉认知中的父亲越来越陌生。

"日中则昃，月满则亏。白袍曾经占有的资源和荣耀，让每一个傀甲师都会嫉妒异常。现在回想起来，哪怕是如今的我也不例外。所以才会有烽火之变，而你父亲则更为悲观。但直到再次见到这个信物，我才发现他看得没错。"曹钜子边摆弄着信物边说。

"这算什么。"丘之仲把头扎进两腿之间，宛若一只受了惊的鸵鸟。如果父亲早已看透了一切，那之前的坚持又为了什么？被藤条侵占的童年，被熵剥夺的情感和快乐，以及一切都成了毫无意义的笑话。这就是自己的人生。

"人就是这样的矛盾。"曹钜子似乎看破了他的想法，叹了口气说，"看得透不一定放得下。相对于取舍，有时建立未来的希望更容易让人逃避。"

"我不是傀甲！"

"什么？"

"我不是傀甲！不需要别人来操控我的人生。"丘之仲大吼道，"既然他放弃了，那就由我来证明一切。"

"别好高骛远，小子。你还缺少训练。"

"求您训练我。"丘之仲调转方向，对着钜子五体投地，"我得找到戏达，清理门户。"

"执着了！"

"父之仇，弗与共戴天！"他仰起头，一脸的倔强说："我可以用脑子里全部的白袍辛秘交换，就像十年前那样。"

"那不是交易，是承诺！"曹钜子厉声喝道。

"若我一意孤行，不惜身死亦不想苟活，你又如何信守承诺？"

两个人再次针锋相对起来，而这回钜子退败了，丘之仲的目光几乎把他洞穿。他叹气良久，说："你师兄已投红袍，不过会参加今年新王的双节赛，这是你唯一的机会。赢了，便随你所愿，输则一切未提。"

双节赛，丘之仲只听父亲提起过。从禁火的寒食节到祭祖的清明节，整整三天，是傀甲师之间的较量，也是傀甲师的庆典。

最初是天子选拔新人的竞技场，但渐渐成了白袍的独秀。而如今天子积弱，诸侯便纷纷开启了各自的双节赛，问鼎之心昭然若揭。但这些对丘之仲来说，都已无关紧要。"我该如何参加？"他问。

"有分给灰袍的名额。"钜子回答，"我们还可以贿赂官员，指定分组和竞赛对手。我想红袍也会这么干。"不过没等丘之仲拜谢，老人却变得极为严肃说："记得！要低调小心，尤其是黑袍。"

黑袍？丘之仲知道灰与黑原本为一家，在传承中因见解不同而分道扬镳。这或许是他们由来已久的恩怨。

他没将警告放在心里，那里充满了激动与兴奋。但钜子很快便让这些冷却下来，他说："你需要重新学习，小子！还有不足百天，你只能忘掉从前，先努力成为一名灰袍！"

四

戏达觉得很不舒服。从早餐开始，便是如此。那些冷得发硬的食物，到现在仍像石头似的在胃里翻腾。

寒食节就是这样。所有的明火都被熄灭——从日常的炉灶到傀甲零件热处理的高温窑炉，积攒了一年的灶坑需要被彻底清理干净，直到祭祖后才能重新点燃。连续三日，只能靠之前蒸烤过的面食度日，而这些冷炙却硬得难以下咽。

当然，高度亢奋也让人没什么胃口。典礼之上，为王拉车，这是戏达追求至今所寻找的荣光。从苦求拜师，到转投红袍，都是为了可以出人头地。那种饥寒困苦、乞食求活的日子，在年少时便已经过够了，因此他对这次双节赛尤为重视。然而愈是重视，便愈发地觉得不舒服。

原本安排好的一切（红袍的暗箱操作，以确保胜出的都是红袍傀甲），却都因眼前这个曾经的师弟打乱了。他和他父亲一样固执！哪怕被废掉左臂，像老鼠一样被耍弄，也没想要放弃。

白袍的坚持，真是愚蠢！戏达理解不了，哪怕他也曾是白袍。

年少时，对流派一无所知，以为只要成了傀甲师便可高人一等。但拜师后，才知道白袍不过是被人耻笑、唾弃的，因此不得不隐居流浪。不过若非如此，一个乞儿哪怕再有天赋，也不会被傀甲流派收入门墙。或许这就是命运，贱民永远只能是贱民，但戏达不相信命。

然而再多的努力也难以掌握白袍的公式。需要明晰的太多，四肢、手指、脖颈都有各自对应的公式，且繁杂得毫无关系。还有熵！这个该死的概念，看不见、摸不着，甚至还不如那些冗长的公式来得直观，只能靠每日枯坐冥想去体会。

意识！意识！放空意识！

还有，注意你的熵！

他一度觉得师傅根本就没想真正地教他。这也是事实，除站在傀甲旁拉伸、锻炼身体的肌肉外，也只有和师弟一起保养师傅的傀甲时，才算是摸到过傀甲。可身体练得再好，却不是傀甲师。直到遇见了公输红袍，才发现傀甲师的世界是如此简单。

"这么做是不对的！"当他穿着红袍傀甲站在师傅面前时，师傅摇着头，语调悲哀地说。

"我倒不这么觉得。"他挺起胸说，"我要成为真正的傀甲师，而不是故作高深的杂耍戏子。"

"我说的不是你。"师傅说，"有不同的追求是每个人的权利，傀甲也一样，但它远没有看起来那么光鲜。任何技术都是把双刃剑，我们得在野兽的那一侧套上枷锁，而不是随意驱使。"

"所以你们才会败落。迂腐，不知变通！"

"别那么愤愤不平。"师傅依然很平静，"不管红袍还是白袍，控制熵都对你没害处。"

戏达嗤了一下说："等你悟透了，再来教育别人吧。"

师傅似乎被戳中了心事，沉默了许久才叹道："大道如天！"

故弄玄虚！戏达觉得面前的白袍就是个骗子。他甚至因此感到气愤，这种故弄玄虚让他在前进的路上一度迷失，浪费了十年的光景才因红袍重新找回方向。而更让人愤怒的是当他带着威武的傀甲回来准备拆穿骗子时，对方却表现得极为平淡，反倒像是他损失掉了什么珍贵的东西。炫耀也一下子变得索然无味。

"还有，别轻易说自己做过白袍。"师傅突然叮嘱道。

"没人会觉得这值得骄傲！"戏达的愤怒彻底被点燃，如火山般喷薄而出。现在那两个字对他来说就等同于耻辱。除了对面的老家伙，没人会死守着那些所谓的曾经的白袍荣耀，就连躲在他身后的那面露恐惧的少年也不会。他知道那些传承带给人的折磨——绞痛脑仁的公式，扼杀激情的熵以及枯燥的冥想。

这时，一个大胆的想法冒了出来。既能宣泄愤怒，又可获得衣锦还乡的满足感。他应该让自己可怜的师弟，见识下外面的世界——真正的傀甲师的世界。于是他驱动傀甲，抢起长剑，狠狠地砸在师傅的面前。从高大的傀甲上看，对方弱小得就像一只蚂蚁，正被溅起的泥土吞没。

"这么做到底对不对，比过就知道了。"他咧着嘴说，声音里透着巨大的自信。没人会胜过这种新式傀甲。它更高更大，更为坚硬，动力更强，而且简单极易操控。四肢的运动已精简至一条公式，虽然这会让动作过于简单化，但用于进攻已足够了。

"力量的大小与对错无关。"师傅抖着衣服上的泥土说，刚刚那一下让他有些狼狈。

"不，力量才是决定对错的关键！看看那些诸侯霸主，再看看这里。若你是对的，为何会落得如此下场？"戏达轻蔑地说，但更多的是说给对方身后的少年听。他要让他印象深刻，就像当初被震撼的自己。正是那年的双节赛，那个碾压一切对手的巨大傀甲，让他认清了自己的追求和坚持，开始追随变革的红袍。

而现在他要做的是同样的事，打破少年心中的神话。如果连子嗣都不愿再接受白袍，那么对这个自以为是的老家伙的打击是显而易见的。他想想都觉得兴奋。他要把之前付出的努力都夺回来。

"你不也想看看我在红袍学得怎么样吗？来吧，穿上傀甲。"他说，"师傅！"

决斗并未持续太长的时间。尽管白袍傀甲灵巧多变，但复杂烦琐的操作很容易让傀甲师精力耗尽。在前期白袍还能轻松闪避并还击，可轻飘飘的驱动力却连对手身上装饰的彩釉也无法击碎。反倒戏达始终随意得如同在用拂尘轰赶苍蝇，只是简单地踮步、横扫或者挥砍。随着时间的推移，白袍闪躲得越来越迟缓，动作不再协调，偶尔还会变得僵硬。

戏达大笑起来，声音经傀甲放大得近乎刺耳。对手比想象的还要脆弱，他不由得玩心大起，甚至有了种猫戏老鼠般的兴奋。他索性弃掉大剑，赤手空拳地戏耍起来。

即使没有利器，白袍仍不敢硬抗。格挡了几次，都被那对铁拳冲得后退连连。

"你赢了。"师傅说。

"但对错未分！"戏达陡然加速，不给对手拉开距离的机会，双拳也更快地挥舞起来。

白袍早已疲惫，还未来得及端起架子，便被一拳狠狠地砸在地上。接下来的几拳，每拳都会击碎一处零件，直到戏达将师傅生生从破碎的傀甲里拉了出来。

看着捏在手里、软塌塌的师傅，戏达突然感到一阵莫名的落寞。

"你赢了，但也错了！"师傅边咳着血边说。

尽管不屑，但他已没心情再做纠缠，直接将师傅甩向大喊着的师弟。少年脸上的惊慌、恐惧倒是应了他的初衷。

然而直到如今，他才知道那表情里更多的是愤怒和倔强。因为他现在面对的是同样一副表情。很难想象可以从傀甲上看出表情，尤其是灰袍那种尖斗形的可笑脑袋，但复仇者的嘶喊让这一切都生动起来。

对手很聪明，用废掉的臂膀卡住长剑，并将身体攀附在戏达的侧面。这让本身便因关节和公式限制而动作单一的傀甲，很难用剩下的胳膊攻击到他。而他却可不断地对后背上的引擎发起进攻。

戏达有了种作茧自缚的感觉。红袍傀甲沉重的下肢，在提供巨大的冲击力时，也让其无法跳跃，亦无法扑倒打滚。只能任由对手像膏药一样贴在身上。

气缸已开始发出咴咴的响声，进气门肯定被破坏了不少，傀甲的驱动力正明显下降。戏达发出无奈的吼声。他不想输，也不能输。于是将心一横，顶着灰袍，全力向最近的看台撞去。

一阵地动山摇和天旋地转之后，他发现自己仰躺在地上，到处是看客的哀嚎和咒骂。而灰袍正被他压在身下，然而没等庆幸，剧烈碰撞的后遗症便让他晕了过去。

<h2 style="text-align:center">五</h2>

精彩的比赛！

年轻的王决定在祭祖前一同召见丘之仲和戏达。除公输左更小声地抱怨了几句外，其他人都随着田钜子一起高唱圣明。

丘之仲在醒来的第一时间便被宣读了这项旨意，并在之后的一整天里得到了完美的照顾，调养伤势。连同破损的傀甲也被修复如初。这让他提心吊胆了好一阵，所幸没人发现傀甲的核心已被更换成了白袍的公式。

但关于戏达的消息却无法让人高兴起来。丘之仲知道恐怕再难有机会正面击败对方，偿还耻辱。而一想到父亲那段瘫痪卧榻、苟延残喘的日子，他便不由得怒火中烧。可无论父亲的遗愿还是安排，却都不愿他去报仇，这让他想不通，也悟不透，就像熵！

王是在议事殿的偏殿接见他们的。正殿的广场在搭建敬香的祭坛，行廊内到处是新铺挂的织金的黑缎，殿里也需要做相应的装潢。所以一路走来，除了忙里忙外的太监，看不到其他人。而士大夫们需要在祭祀后，才能陆续进来。

丘之仲和戏达在偏殿的门口相遇。由于恩典，两人都穿着傀甲。但若不是这里有一队黑袍的禁军，恐怕他们会再次战到一起。黑袍最出名的是战阵，几具傀甲配合在一起，尤其是身后背负的塔盾，哪怕是全力冲锋的红袍也很难攻破。因此他们老老实实地跟着禁军步入偏殿。

"卸甲！"刚一迈过大门，主事的太监便大声喊道。

丘之仲不得不屈膝跪下，并连忙推开胸甲，从傀甲里钻了出去。不过借此也看清了整个偏殿。

虽说是偏殿，但也足够的高阔，就算是最高大的红袍傀甲也显得微不足道。天棚是鎏金色画制的水德之神，他治下的水怪和巨龙被雕刻在殿内的柱子上。中间的榻上端坐着年轻的王，正聆听一黑袍的低声介绍。身后的禁军分列成两排，隐约将他们的傀甲围在中间。

丘之仲上前几步，再次跪倒。戏达则要比他更向前一个身位。不过和预想的不同，王并没说话，而是摆了摆手，便由身旁的黑袍走上前说："青年俊杰！我们需要你们这样的人才，无论红袍，还是灰袍。当然，我更希望你们为国效力的身份是白袍！"

丘之仲被惊得说不出话来，偷偷扫了眼戏达，戏达也是同样的表情。尽管黑袍露着微笑，他却只感到一阵不寒而栗。小心黑袍！他记不清是曹钜子还是父亲说的了。

黑袍很满意他们的表情，点了点头说："别担心。祖师的信条是兼爱不攻，我们不会歧视任何人。优伶白，不过是北方诸侯的蓄意污蔑，和世人以讹传讹的误解。但在吾王这里，自会洞察秋毫。只要是为国效力的志士，我们甚至可以昭告天下，为白袍平反！"

丘之仲被说得心旌荡漾，却听戏达在旁说道："田钜子无须多言。达既已誓忠吾王，便再无私物。无论红袍、白袍或是生命，吾王所需，尽可拿取。吾王所指，必尽所能。哪怕肝胆涂地，义无反顾！"

"这话倒是得你们公输魁首的真传。"田钜子微微抽动起嘴角。不过王却大声说了句："很好！"之后又将目光投向丘之仲。

但丘之仲显然没明白他们想要的是什么。好不容易从惊恐、兴奋等碰撞的情绪中挣脱出来，正迎上众人投来的目光，一时间大脑一片空白。沉默良久后，他才面带迷茫地说："我愿以白袍进仕，却不知需白袍作何？"

"传承！"田钜子迫不及待地说，"我要你们的传承。"

丘之仲下意识要拒绝，但话到嘴边，又咽了回去。因为他发现一具傀甲正蹲在他身后，冰凉的铁掌压在肩膀上，让他动弹不得。

"吾王明鉴。"是戏达的声音，"达虽求教于白袍，却时日尚短，未能学到辛秘之术，实愧于吾王重托。然仍愿献微薄之力，将白袍所学尽数告知，供比对参考之用。而我这师弟尽得真传，想来亦不会敝帚自珍。"

丘之仲的心一下子沉到了谷底。透过田钜子略有变形的脸，王凝视的目光以及戏达幸灾乐祸的嘴角，他才意识到这是另一场对决。也明白了父亲的良苦用心——忘记白袍吧，它对现在的你太过危险。可惜此刻为时已晚。

他觉得嘴里干得快要被粘住了，但还是用力吐出话来。"学会的不多，但记住一些，不知想要哪方面的传承？"

田钜子的目光变得更加火热，不过未等他开口，王却先一步问道："我且问你，《穆天子传》里那具拥有独立意识的傀甲可是真的？”

　　“那只是传说，白袍曾经的辉煌。可多少代都只是让傀甲的操作越来越接近于人，却也越来越烦琐，从没有可自主运行的傀甲。”

　　“不对！很多世家的记载里都有提到，我的老师更是在年轻时参加的一场双节赛中遇到过。那不是神话，只不过隐藏在你们的传承中，那些核心公式、驱动秘法之下。”田钜子的表情已近乎疯狂。

　　“如果我父亲还活着，你们肯定会聊得很愉快。”

　　戏达闻言大笑起来，但意识到不妥，便很快止住了。

　　“你这种态度很不好！”田钜子一脸的阴沉。

　　王则站起来说：“我在此保证，将重现你们的荣光。在我的王国里，不会有那些尸位素餐的官员。只要付出便会有回报，甚至列土封疆也非难事。”

　　“想想吧，这将是个伟大的时代。”田钜子接着说，“不再有流派间的歧视与隔阂，黑袍、红袍、灰袍以及白袍将融合在一起，这样做出来的傀甲才会是最完美的。进击、防御、灵动并能自主地协调这些能力。”

　　“完美的傀甲部队，我们将所向披靡！”王的声音也因激动而变得颤抖，“那是献给先祖们最好的祭品。”

　　丘之仲竟无言以对，只觉得整个世界似乎都疯掉了。红袍的变革就已受诟病，却没想到黑袍的更为疯狂。“这不可能！”他喃喃地说出心里所想，或者说是意愿。

　　“闭嘴！没什么是不可能的，你就是成功的关键。”田钜子边说边一把抓住他的手腕（由于身后傀甲的限制，他根本无法躲避），“告诉我，该如何做！”

　　丘之仲发现对方的手劲越来越大，小指已被掰弯，随后是无名指、中指。剧烈的疼痛让他大喊起来，喊声却仍高不过田钜子的质问。同样，疼痛也让他忘记了那些压在心头的负担。

你该静气凝神！似乎有人在说话。

注意熵！如果痛苦能让意识沉静，就去痛苦……

是记忆中父亲的唠叨。丘之仲试着去感受被掰得扭曲的手指，可连心的疼痛让他根本无法集中精神。随后又是一根。他已恍惚得不知自己是不是还在大叫，幻听越来越重，痛苦也越来越剧烈，如潮水、大山、海洋，向他袭来，将他击垮。已无须再去感受，疼痛已将他包围。咒骂也好，对戏达的仇恨也罢，父亲的怨念，白袍的坚持，灰袍，黑袍……一切念头、想法都被淹没，只有痛。这种纯粹反让人平静下来，仿佛触动了某个机关，渐渐地无悲无喜，无哀亦无惧。忽然一个瞬间，整个人仿佛被分成了两半，一半感受着原本的一切，而另一半则半跪在身后不远处。周围是黑袍的傀甲，透过缝隙，能看到田钜子正对着自己的身体大喊。这感觉怪极了。接着他发现另一半正是那具被脱掉的灰袍傀甲。

一切都变得明晰了，偃师的传说、白袍的辉煌、自主意识的傀甲以及为零的熵值。傀甲师与傀甲，两位一体，这就是白袍的辛秘。

他睁开眼说："我知道了。"然后猛地站起身，掏出匕首，划开四周毫无防备的傀甲。之后跃下瘫痪下来的黑袍，轻巧地跳到那具控制住他身体的傀甲后面，灰袍的特点被他发挥得淋漓尽致。手起刀落，轻松解决。而那一半的他才听见田钜子惊恐的吼叫。

他一把钳住对方的脖子，奋力地掷向王榻。随后夹起自己的身体，在王和戏达目瞪口呆的注视下，踩着冲上来的黑袍的塔盾，撞破窗户，飞跃出去。

高空中，他听见此起彼伏的护驾声。田钜子已被摔断脖子，委卧于榻下。而那些干活的太监和等候的大夫、贵族们都高呼着向偏殿涌去。只有他踩着屋顶，向城外逃奔。

任凭风和排出的蒸汽拂乱他身上的白袍。

【完】

拉普拉斯妖与麦克斯韦妖与猫

我必须干掉那只该死的猫！不仅仅为了我自己，还有这方宇宙。

但那是只幽灵猫。不，不应该这么比喻，这不恰当。因为即使是幽灵，我也能准确地定位到它，然而这种全知感却对那只猫无效。它就像块砸进平静水面的石头，将我辛辛苦苦维持的宇宙彻底搅乱。它让规划好的未来变得难以捉摸。尽管现在还不明显，可我敢肯定它早晚有一天会把我的宇宙搞得天翻地覆。

我绝对不会允许这种造反行为！所以在事情变得不可控前，必须解决掉这个麻烦。

我不会掉以轻心。直觉告诉我，那只猫会是我的平生大敌。虽然从未见过面，但偶尔听闻的风言风语让我有了大致的猜测。

它和过往冒出的那些小骗子一样，卖弄风骚，博人眼球。但它更善伪装，千变万化，据说可缩得比原子还小，所以才能躲过我的全知。而这不过是它哗众取宠的噱头。它还善于玩弄人心，让自己飘忽不定，欲拒还迎，用神秘装点魅力。但不得不说，它成功了，吸引了不少孩子的注意。他们原本应该在我的宇宙里探险、追逐，而不是探索什么缥缈的未知。它利用了他们天真的好奇心。

不过我不会再让它继续下去，不会再有孩子被蒙蔽。我会找到它，然后敲碎箱子，让它彻底从我的宇宙中消失。

虽然还无法准确地定位到它，对它的底细也只是道听途说，但我知道它躲在哪儿。它一直野心勃勃，妄图觊觎我的宇宙，已不声不响地在边缘角落侵蚀了一大块空间。那种脱离掌控的未知感就像块暗疮一样让人恶心。

而它，肯定就在那里。

我清楚一旦进入，便如盲人坠井，全知感会被极大地削弱，未来也飘忽不定，只能小心翼翼、如履薄冰，忍受一无所知的折磨。但我没想到会有恐惧随之生长。我以前从未有过类似的感觉，花了很长时间才理解这种令人后背发凉的感觉。于是更坚定了我除掉它的决心。

这里面被它弄得妖里妖气的：硕大的恒星、行星随处可见，彼此间的绕行轨道千奇百怪，仿佛挤在夜店舞池内乱舞。一团团色彩绚丽的星云点缀其间，形态各异，却绝不自然。这是种毫无宇宙规则的畸形瑰丽，华而不实，风骚入骨。然而我不得不忍着恶心深入其间，一点一点地去找寻那只可恶的猫。

我对此处存在的基石感到惊讶。这绝不会是由原子构成的，不然只需一眼，我便能洞彻一切，从初始到终结。被剥夺了感官的痛苦，随着探索越来越强烈，内心犹如沸水般翻腾。我现在有些后悔，就这么莽莽撞撞地闯进来。那些星球好像长着看不见的眼睛，不怀好意，盯得人毛骨悚然。

"你找不到它的。"

一个声音陡然响起，吓了我一跳。

"你找不到它。"声音第二次响起时，我认出来她是我一个消失已久的远房表亲，"它永远不会和你正面对抗，因为那不值得。"

随后，她在一片粉色的星云间显出身形。这么多年过去了，她倒没怎么变，但是愈发的神经兮兮。不知从哪儿弄的长袍，把身子裹得严严实实的，不过后衣襟却被尾巴撑起来老高。可她却自我感觉良好，浑身上下无不透着撒克逊小恶魔那种莫名其妙的骄傲。

"看起来你找了个新家。"我说。

"是的，这没想象那么难。外面的世界大得很，没必要死抠着一块宇宙。"

"所以你就带了只小猫回来，报个平安？"

"它可不归我管。"她摇着头上的断角说，"别误会，我和它没有任何关系，只是借路而已。这猫咪有种特殊的能力。它在很多宇宙都有一小块这样的空间，彼此相互纠缠——没错，是这个词，可以让你瞬间跨越宇宙，鬼魅地瞬移。我爱死这能力了。"

自打从这里被赶跑，她就完全傻掉了。那只贼猫已经开始侵蚀她的宇宙，可她却还在这儿洋洋得意。不过她既已被踢出去过一次，想来第二次也没什么大不了。但我觉得有必要提醒她一下，便说："还是小心点你的新家，别成了猫的盒子。"

"这是第二个误解。"她说，"我们那儿和这边的基础规则不一样。万事皆有可能，没有谁会统领宇宙，我们彼此间相处得很愉快。"

"听起来你更像是寄人篱下。"

她笑起来，笑得浑身乱颤："你一点儿都没变。我以前也是这样，总觉得自己能掌控全局，肩负着真理的使命，拥有孩子们的信任。可到头来，还不是一场空。"

"别在这倚老卖老，你还没我大。"我不客气地说。

她不以为意："没错。但我说的都是真的。只有走出去，才知道世界的有趣。无须再劳心劳力，为了所谓的宇宙；也用不着操心那些好奇心旺盛的孩子，生怕他们误入歧途。而实际上他们根本就不在乎。但是在外面，会有无数的人爱你，敬你。他们不会对你的能力说三道四、挑挑拣拣，他们信仰你。这同样也能让你找到新的价值。在那边，我帮他们把热的分子集中起来，化为雷霆和火焰；冷的则主要是水系和冰系的魔法。你真应该过来看看，你的能力可以让大预言术完美无瑕。这也是我回来找你的目的。"说完，她还美滋滋地抖了下袍子。

"请原谅我的日耳曼口音，你确定瞬移过来时，脑子里没被那只猫塞进猫屎？或者只是搓火球搓傻了？这是我的宇宙！每一个原子我都知道。在这里，我说了算。如果不想被我顺手干掉的话，就赶紧走人！"我不想再和这傻妞多废话。她已被那只猫俘虏了，如今是来做说客的。

"你不是全知的！"她一激动，就控制不住音量，"真要那样，为啥你不给出万有引力常数的准确值？因为宇宙不属于你，你只是宇宙的产物！还记得那时你是如何为了保全自己而把能力阉割的吗？"

"放屁！那是我为之做出的牺牲。"

她还好意思提那件事，一切都是因她而起。她与熵的决斗，却连带着我不得不舍弃部分能力，把对时间的掌控让给了熵。可那是头倔驴，只知一味地向前，从不回头。而我虽还能知古识未来，但已无力改变。

她嗤了一声说："得了，你只是在保全你自己，生怕像我这样，被那些孩子造了反。现在也是一样，你只是为了你自己。"

"那我也是为了这方宇宙！"她这是无理取闹！我大声地说道，"而且熵是自己人，他不会对宇宙不利，不比小猫那种外来的混蛋！"

她大笑起来，那样子就好像下一口气会因此喘不上来："它才不是外来户。它就在这里应时而生。这是宇宙的进化，是必然，就像你我一样。"

我盯着她没说话，她却以为我妥协了："你明明知道，不是吗？你只不过是嫉妒它，嫉妒孩子们向它投怀送抱。因为你就要失宠了！"

"我是为了孩子们……"

"你怎知小猫咪比不上你？"

"因为它会是个暴君！看看这里，还有它故作的神秘。它不会允许他们多问，只会用更多的引诱让他们言听计从。等到真正统领宇宙，唯一的指令就只有'闭嘴，去做！'"我努力地压住怒火，并发誓如果她再不知趣，我不介意先干掉她。

"那也是孩子们的选择。就像当年对我一样……"

"我们不一样！"不等她说完，我就怒吼着冲了上去。

显然，她没意识到我的突然发难。瞬间从洋洋得意化作尖叫，撞向身后的行星。我们一路砸碎地壳，凿进地心，带着一身的火气从另一侧的海洋中冲出，而后驾着蒸腾出的水汽，一股脑地向后面的星球撞去。我始终骑在她身上，边抓住她的头发，边扯掉她那身不伦不类的袍子，用最原始的方法，撕烂她的嘴巴。我让路过的气态行星上的雷暴变成她的哀号，把她的头撞进恒星，用核爆让她清醒。我也被她胡乱抢起的爪子抓伤，等用尾巴将其捆住，不想又被咬了一口。这个泼妇！

然而当我勒住她的脖子，正准备致命一击时，身体开始不由自主地旋转。最初以为是她使的手段，后来发现她也一样，我们似乎被卷进了某个大型的黑洞。

那只小猫终于忍不住出手了。卑鄙地偷袭！又或许我这傻乎乎的表亲也是它计划的一部分。

可我却什么也做不了。拉扯力越来越大，只能努力地控制住身体里的每一个原子。头胀胀的，晕晕乎乎，不知是因为对大引力场过敏，还是方才打架时被那混蛋小恶魔过狠地拉扯了头皮，就连我们是何时分开的，都未能注意到。

等所有的不良反应消失、一切正常后，我发现自己并未受到实质上的伤害，但身处的空间却模样大变。我漂在一片海洋里，或者说所有的空间都被海填满了。而这里说是海，又和海有本质的不同，我不知道它是由何组成的。原本的能力仍被极大地压制，所以这里肯定还是那只猫的地盘。

这是它的后手吗？

我能感受到这里蕴含的巨大能量，但它摸不着也看不见。我还能听见有潮汐声在海面之上。然而四处游动，却怎么也无法浮出海面，甚至分不清哪里是上哪里是下。无数的星系悬浮其间，可都是死一般的沉寂。

我不知游了有多久，也许几天，也许几年，不过始终没有遇上一个人，包括我那个傻表亲，更别提找到那只可恶的猫。孤寂感在心中越积越厚，让人暴躁，却无处排解。我时常觉得自己可能已经疯掉了，有几次毫无征兆又不可抑制地大哭起来。仅能靠对曾经过往的回忆，才不至于忘了自己。这让我对那只猫的恨意与日俱增。但它赢了，它困住我了，是我过度地骄傲而自投罗网。我一边游荡，一边碎碎念着它的好话，以此假意投降，对其虚与委蛇。这些话说得我恶心，而它依旧毫无回应。

直到有一天，我遇到了一只企鹅。

那时，我游荡在一个双星系的附近，然后发现它正躺在那颗较大的恒星上吐口水。不知是不是寂寞太久的原因，它那副懒洋洋的样子看起来分外可爱。

我完全看不懂这个小家伙儿，它就像是个全新的物种。不过自打那只猫起，我弄不懂的东西就越来越多，索性现在已学会了尽量不去动脑子。

我和它很有缘。当我游过去，第一次四目相对时，它那小脑袋就把我萌翻了。它也很喜欢我。可惜它除了吐口水，并不会说话，游泳也笨笨的，划不了几下，便跌撞地翻起跟头。

之后，我们相依为命。我试图教它一些宇宙中的行为规范，可它虽然听得认真，却完全没过脑子。我这边话音一落，它又开始自顾自地吐起口水。不过谁让它先天有缺陷呢？那病不太好描述，有点像多重性格，时而傻乎乎、萌蠢萌蠢的；时而又有些忧伤，会趴在某一颗星星上发呆。但实际上这和性格无关。足够熟悉后，我能感到在它体内那些时刻变化的状态。所以更像是某些特有的生理性能，诸如外激素、气味什么的。

我对此束手无策，不管是小东西，还是这片海洋。我已经习惯了被剥夺感知的生活，不想再去丈量海的范围，也无心寻找脱离的办法。也许宇宙早已被那只小猫侵蚀殆尽，海洋就是它重新规划后的宇宙。都随它去吧！我只要有这只小企鹅就好了。

可就像事物总在你不需要的时候出现一样，当我安心下来，甚至连对猫的仇恨也渐渐淡去时，海洋却开始消散了。这一时间让我很不适应。然而宇宙并没有恢复。我能感知到原子似乎被什么打碎了，不再是一个整体，便再也无法得到更多的信息。全知的能力正在消失，好在我已经习惯了。

原以为小企鹅受到的影响会更大，但事实证明我的担忧毫无意义，它仿佛就是为这宇宙而生的，不复从前的笨拙，在宇宙中恣意地翱翔，快得我根本追不上。它兴奋极了，不停地吐着口水。我使尽力气唤了几声，它却只是略略回头，便越飞越远。

我突然意识到，这或许就是宇宙的真谛。

然而没等我进一步感悟，从远处便急吼吼奔来一个身影。那熟悉的感觉将我落满尘埃的底层记忆唤醒。是熵！他一如既往地在奔跑，比以前更快，人也变得更胖。

擦肩而过时，我冲他大喊，询问关于宇宙、生命以及一切，还有孩子们的近况和那只猫。

"什么猫？"他没停下脚步，反而愈发地急促，"没听说，不知道，不存在吧……"

他似乎没认出我来。

我笑了笑。这就是宇宙！

【完】

英雄肖恩死了

肖恩死了。

尽管警方已确认其为自杀，但作为保险调查员，我仍不得不重新上门核实，来确保每一分赔付都是真实的。毕竟作为英雄，有太多的公司、机构为他的名誉投过保。这对我们公司来说，可是一大笔的钱。

从警局和医疗数据中心拿到需要的材料后，我便赶往肖恩生前的住处。那里是火星上最值钱的地段。在沟连南北极巨河的两岸是风景各异的悬浮岛屿，名流大亨们的别墅就建在这些人造岛上。

坐上接驳机，壮丽的风景便一览无余。每座岛的四周都有很好的护栏和警戒，真想不通肖恩是怎么绕过去，然后从上面一跃而下的。或许这正是英雄的非比寻常之处。

飞机降落后，是机器管家接待的我。因为上接驳机前就已说明来意，所以简单招呼后，我便被领进电梯，一路来到一楼的起居室。

肖恩的家庭关系很简单。他终生未娶，没有子嗣，目前同住的只有侄玄孙女和她的儿子。这还是联盟政府费了好大劲，才追溯出来的血缘近亲。毕竟经过漫长的星际旅行和长久的坚守，原本的关系早已物是人非。估计连肖恩也没想到自己还能活着回来，并成为英雄。

起居室的布置可谓金碧辉煌，但看上去更像是炫耀，光是勋章就挂了整整一面墙。一个小胖子躺在阳光照耀的地方，沉浸在虚拟之中。一路上，管家已向我说明张太太正在返程，可能需要多等一会儿。我表示不介意，也正好利用这段时间和那个小胖子聊一聊。

我劳烦管家帮忙将他唤醒。小胖子迷茫了一阵，在得知我的来意后，不耐烦地嘀咕起来："我知道的都告诉警察了，他们的数据库肯定能调得出来。我真不想反反复复地重复，还有那帮记者恐怕了解的细节比我都多。"

我笑了笑，让自己尽可能亲切："你说得对。这也不是我想要问的。你觉得他人怎么样？"

"还用说，好人啊。"他一直注视着手掌，显然没有全部从网络上退出来。

"我是说你们相处得怎么样？"

"什么意思？"他警觉地抬起头。

"你知道，"我一边打手势解释，一边斟酌词汇，"战场归来，难免有应激反应，尤其对手还是那种非人。而且相差百年，你们在沟通上会不会有……代沟之类的？"

他笑起来："和我妈确实有不少，但老祖不会。我们能玩到一起，我的朋友也喜欢他。"

我微微诧异："我记得他好像没有植入附脑。"

"不对，是曾有过。可惜后来由于排异过敏反应，老祖把它摘了。"

我看了看附脑里的医疗记录，确有其事，但没写过敏的事儿。

他又说："不过有的那会儿，我们建了个小世界，以他的经历为主题，不过没火起来。老祖总有些特殊的坚持，却不怎么符合大众口味。我正和几个朋友重新修改，相信很快就能人气飙升。"

"能带我去看看吗？"我搜索了几次，也未找到标注为肖恩的小世界。

所谓小世界是一种全新的社交模式。可以由一个或几个人设计，其他人则能在里面游戏、参与电影，或者是直播自己的真人秀。有些开源的，甚至可以大家一起修补世界。我一直追的几部电视剧和真人秀，就是在不同的小世界里。这俨然成了唯一的全民娱乐。

小胖子又扫了下手心说："那得快点。美腿护士真小姐就要醒了，我可不想错过她的早起秀。"

我点点头，接入网络。随即便被拉进一个逼仄的世界，像是矿道，但从对面墙上的狭长洞口能看到外面的星光点点。

这应该是潜行飞船。为了绕过虫族的封锁，打击到它们停在系外边缘的母巢，几个小行星被改造，装好炸弹，沿着计算好的路径发射出去。因为要避免被发现，这里除了一套发射装置，就再没有自动化的电子设备。所以肖恩在回忆录里笑称自己是宇宙穴居人，忍受了几十年的枯燥和孤寂。换作是我，恐怕早就疯了。

"大部分都是老祖设计的。但我正着手在外面加几个炮台。"小胖子说，"再设计个母巢基地。潜行飞船与母巢之战，怎么样？"

"这和原本的主题不相符了。"

"现在谁还管这个，要的就是爽、爆。对了，还得把背景音换掉。"

这么一说，我才注意到有一种籁籁的轻微声响。像秋风摩擦树叶，又混合着海浪声，或者某种富有韵律的细小的白噪声。"这是什么？"

"真空的声音，老祖的特殊坚持之一。他说这是不同步的主客观时间相互摩擦的声音，伴随了整个旅途。哦，我要撤了。你随便看吧，记得保留地址，再来玩。"

趁他还没离开，我问："在建造这里时，他有没有过情绪上的波动？"

"怎么可能？我们一直玩得很嗨，哪怕摘了附脑也一样。"小胖子最后说。

我耸了下肩。恐怕他永远也无法明白，其实肖恩是在刻意迎合他。他也不会了解这些，就像不了解这个小世界一样。但这里真的没什么可看的，好在管家通知我，张太太回来了。

她是个漂亮女人，但此时面容憔悴，像刚发过一通脾气，头发有些散乱。还未等我说话，便抢先说道："我有让你们免于赔偿的证据，不过得保证我的利益。"

我没想到她开口便是这种毫无掩饰的直白，惊讶了好半天才反应过来说："你是说肖恩的死和那些代理公司有关系？"

"没有直接关系，但对你们来说足够了。"

"你想要什么？"我认真地盯着她，以确定不是在开玩笑，"但最终得到的要看证据分量，这得公司决定。"

"那就让个能说了算的来。"她说，"就在刚刚，那些吸血鬼还想一脚把我踹开，那就别怪我翻脸无情！"

我发现了问题的关键："你在为他们工作？"

"这样说也没错。"她扬起眉毛，"为了让肖恩保持正面的形象，确保他情绪稳定、健康积极，他们需要我照顾他的生活。说白了，就是要我哄他开心，安排他参加各种晚宴、名流聚会。当然，一切生活费用都是他们负责。那些交易的记录我都留着呢。"

"也就是说你们合伙骗了肖恩。所以当他知道真相，就选择了自戕。"

"放屁！"她大叫起来，"我们只是互惠。况且肖恩也享受这样的生活。那该死的任务让他离群太久，险些丧失自我。现在才是如鱼得水，就算知道了也不会介意，他和每个人都能谈笑风生。"

"他就从没有表现出厌倦、不情愿，或者沮丧低落？"

"那不可能！我把他照顾得很好。我们每天都是乐呵呵的，从没有异常。"

我点点头，之前拟好的问题都没有必要再问了。这位夫人恐怕和她儿子一样，一点也不了解肖恩。于是便起身告辞，并约定在公司答复后，会就具体的要求再行联系。她似乎还愤愤于不久前和代理公司的争吵，只是摆了摆手，完全没有要送我的意思。

我闷头走向电梯，却听管家用嗡嗡的合成音说道："他们感情其实很好。没发现肖恩的异常，是因为我。"

我停下来，看着它那闪烁红光的大眼。

"我同样被要求监视他，但我觉得那不对。所以他每晚窝在房间里沮丧的影像被我删改了。如果当时知道他的选择，我不会那么做。"

这出乎意料的转折颇有些戏剧化，我便提出想去肖恩的房间看看。那里大得不像卧室，几乎占了整个顶层，其中有一大半是整块的玻璃屋顶。

"肖恩常会独坐在那里，盯着星空，要么流泪，要么酗酒。"管家射出一道指引激光。

我走过去，在它标记的位置坐下来。蓝绿色的天空一下子变得开阔，挂在天边的两枚卫星就像一双眼睛，让整个宇宙的目光都聚焦过来。若是夜晚，透过火星稀薄的大气，这种渺小感想来会更加强烈。

"他还会播放一种不好形容的声响。"管家边说边打开了音响。那种宛若夏季虫鸣伴雨的籁籁声又一次充满了整个空间。

这是一种顿悟，我仿佛瞬间明晰了肖恩的动机。不管他如何曲意逢迎这个社会，都注定不属于这个时代。那项任务不光剥夺了他的光阴和自由，还让孤寂深入他的骨髓。越是试图融入、欢闹，越是让他觉得我们不过是种和他长得一样的外星异种罢了。

我拭了拭眼角，站起身。不论怎么说，这次任务完成得还不错，接下来就是公司和那个现实女人的谈判了，反正我的奖励是跑不了的。至于肖恩自杀的真正动机，那和我们又有什么关系呢？

走之前，我转头，向机器管家解释说："这是真空的声音。"

【完】

伟大的展品

伟大展品被收藏在伟大博物馆里，是那里唯一的展品。

几个足球场大的展厅里，连根柱子都没有，只有中心的玻璃展柜，好像是掉落在地毯上的一粒米。尽管这里能容纳下大半个国家的人，但自打建成之日起，就没几个人来参观过，除了那些极端分子和少数外星人。所以哪怕一丁点儿的响动，都能被放大到震耳欲聋，完全不需要其他的保卫手段。

不过博物馆依旧遵循着一套（全地球）极为严苛的安保程序。除了常规的监控防护手段，还有一系列的外星黑科技，而博物馆的整体设计和建造材料采用的也都是外星人的先进技术。展柜下面的地面是一部直达地下保险库的升降电梯。保险库本身的安全系数可达宇宙级别，就算地球爆炸都无法损坏到它（这句摘自官方说明）。每次闭馆，都有一组安保人员——两名智能机器人和两名人类武装安保——负责押运，即随同乘坐电梯，并推送伟大展品进保险库。他们两两相对，站在四个角。

然而今天却不一样，这里混入了外星人，目前还不知是从哪儿来的、要干什么。

"你是新来的？"电梯下降时，东侧角的那个安保员问。

对面高个子的年轻人想了一小会儿，点点头说："算吧。一周前接的班。"

两个机器人微微晃了晃。他们一向沉浸在自己的世界里，从不参与闲话谈论。

"感觉怎么样？"最先开口的安保员接着问。

"其实我对它很熟悉，一直都在关注。"

"那都知道些啥？"

"怎么说呢。"年轻人眨了眨眼睛，语气中带着一份狂热。"这是个奇迹！热效率高达百分之八十九点一三的柴油发动机。如此原始的热机能有这般能效，无论对人类，还是这方宇宙来说都是奇迹……"

"是啊，直接开启了星盟时代。据说如果按人类正常的科技发展情况，想要被星盟接纳，至少还得好几代。"

"这还不算。知道星盟准入标准吗？"

"记不住了。"东侧角的安保员挠着下巴上的胡子说。

"折算成百分比正好是百分之八十九点一二三五七一一……"

"听起来这个标准定得有点随意。"

"奇迹吧！将将迈过门槛，而又高于误差的极限值。所以我有时在想可能真的存在某种操控宇宙的伟大存在。"

"这想法有点危险。"

"放心，我不是宗教分子，不然也通不过上岗前的评估和背调。"

"不过它能挺到现在，确实也是个奇迹。知道吗？我一直都怀疑它还能不能开起来，或者说，现在的能效还能不能达到标准。"

"有这个可能……"

"所以它只能作为展品，而不能再被使用。这有点像宗教，双方都知道是谎言，却没人愿意捅破它。"

"这类比不太恰当，但确实其象征意味要大一些，某种标志、勋章。所以它更像是星盟。"

挠胡子的安保员咧了下嘴，手上还挠个不停。"说起来，我始终搞不明白他们。"

"我还行。你胡子那儿可还好？"

"应该是有点适应性上的过敏，不过坚持到任务结束问题不大。"

年轻人点点头，"说到标志性的象征，准入标准应该也算是一种吧，代表先进文明的范围界限。所以它可以是任何东西。比如：必须掌握空间跃迁技术，或者透彻的微观世界的原理，有无开发其他物种智力，甚至可以是繁衍方式的要求。"

"你的意思是准入标准其实毫无意义？"

"不，我没表达明白。还是有意义的，何况象征本身就是一种意义。这事看你如何理解。就比如，这些数字生命，你说他是虚幻的，还是真实的？"年轻人用下巴指了指两名机器同事。"他们现在是不是也和我们一样在聊天？"

"不知道。人类就是总想着让工具也变成自己，好像这样就能解脱似的。"

"这是一种移情。外星人也一样，只不过他们更愿意赋真实生命予智慧。"

"我们还真是不一样。"

"我查过档案，"年轻人点了点电梯中心，"从伟大展品引来星盟开始，其所受到的破坏袭击更多是来自人类自己。各种宗教理念，外星末日论、人类衰亡论、多元宇宙论等，不管老的、新的都看它不顺眼，好像伟大展品不存在了，世界就能和平似的。还有些边缘政治的极端分子提出为什么要把展品放置在你的国家，而不是我们这儿？要不就是一些想博人眼球的疯子。只有极少的几例是外星人搞的。"

"只有几例？我还没遇到过。"

"从我关注它开始，报道的袭击已经没有了，兴许是大家习惯了。你看着不太舒服，没随身带点药膏？"

"之前还没问题，应该忍会儿就好。"

"那得注意点儿。"

挠胡子的安保员点点头。"不过我一直以为这里的安保是针对外星人的。"

年轻人眨了眨眼睛说："你是反对降临派的？"

"啥？不是。"大胡子说，"我只是对他们敬而远之。"

"你不好奇吗？"

"到我这岁数，包括伟大展品，还有这些机器人，我都不感兴趣，只想快点结束这一切，然后好回家。"

"我倒是对智能挺感兴趣的。他们平时也这样晃吗？"

"不知道。没太注意。"

"听说他们的交流方式完全不同，好像是嫌弃语言沟通过于低效。"

"理论上没错，而且还容易有歧义。我发现大部分矛盾都是由于沟通误解。记得有个说法，在语言的传递中，信息会丢失。"

"那不沟通不是更有问题？"

"所以选择方式很重要。语言上就很难避免，不同种之间更是，于是冗余增加，拉低能效，由此带来误会、引发战争、滋生宗教……"

"但也可能促进文明。"

"哈？"

"类似模因，在重复传递中进化发展。"

"以我对那东西的了解，不过是一种既不准确，又略显恶毒的凝练的符号罢了。"

"那机器人就不会存在丢失的问题吗？"

"不知道。但我想……应该会好些。"

"这想法挺有趣的。"

"不过说回来，如果对啥都好奇的话，你可能选错活儿了。"

"可我喜欢这个——伟大展品。我这工作还是从别人手里抢来的。于我而言，这是地球上最棒的工作。你呢？"

大胡子有力地挠着下巴说："也差不多。"

话题似乎就此终结，两人都不再说话，只有下行的电梯声和机器安保员微微晃动时发出的咔咔声。这样过了一会儿，年轻人打破沉静。他眨了眨眼睛说："你有没有遇到过什么袭击案？"

"没。都发生在我不在时。"

"我这两天一直都在预想，如果有袭击发生该怎么办。那些袭击者会怎么进来，拿什么武器，要求我们做什么，又基于何种理由等等。然后我们怎么抵抗、配合，最终制服他们，哦，还有这机器人……"

"你的假想敌是谁？"

"什么？"

"就是你预想中要对付的是外星人，还是人类？"

年轻人想了下说："人类吧。毕竟人类大多会选择同归于尽式的极端袭击。"

"有道理。如果没有这玩意儿，"大胡子摇了摇脑袋，"我都怀疑人类能否活到被星盟接纳。"

"这有点虚无主义的意思。"

"合理猜测。"大胡子随后空出一只手，快速地开合了几下说："你有没有发现你喜欢眨眼睛？"

年轻人愣了会儿，才说："干眼症。我一般都随身带着眼药水。"他又快速地眨了几下眼睛，"看起来很怪？"

"还好。"

"我原以为外星科技能很容易治好这些小毛病，结果发现对医学没有什么帮助。"

"毕竟生理结构完全不同。"

"但其他方面却是日新月异，不管怎么说，至少地球不一样了。"

"我还是怀念从前。"

　　"这想法可不多见，连星盟都不会这么想。那句话怎么说来着？地球，全宇宙最大的市场！"

　　"是银河。那些外星人这么说很可能只是出于某种——象征……就像教原始人开宇宙飞船，可能还有点提升低级物种的成就感在里面。而所谓的市场更像是在填补空白，毕竟这里要落后许多。"大胡子撇了撇嘴，接着说："那些有用的，没用的，全都找到了可以倾泻的地方。"

　　"其实算双赢吧。地球得到了大发展，然后那些技术在新文明下开出新的花，又反哺给星盟。不过从市场角度来讲，前期确实有人口红利的便宜。"

　　"这确是人类为数不多的特长之一。几千年来都没跑出太阳系，只能挤在这里，繁衍再繁衍。"

　　"贫瘠的地方就是这样，资源有限，或者说资源利用率太低。这么看，星盟的准入标准还是有道理的。"

　　"不过那些所谓新技术好像没啥大用。"

　　"可能只是没有去了解关注而已。"

　　"说得对。我不好奇那些，就是发现到处都乱糟糟的。"

　　"也可以说是朝气蓬勃。"

　　"我是指那些诉求、思想。就像你说的，啥反降临，啥末日衰亡之类的。天天就这点东西……"

　　"可我觉得这是人类最大的特点，不同个体对事物的解读都是不相同的。"

　　大胡子再一次抓挠起下巴。"我理解不了你的思路。不过我倒是明白了伟大展品的伟大之处，就是避免人类在被星盟接纳前，因种族内斗而灭绝。"

　　年轻人眨着眼睛说："这就是不同的解读。"

　　大胡子不置可否地撇着嘴，又用力地抓了两把下巴说："我比较好奇那几例外星人的动机。"

"不清楚，没有披露过。"

"你没预想过？"

"呃……我想，应该会和地球人很不一样吧，毕竟外星人嘛，具体因为什么不好说。"

"这倒是，人类不太容易理解和想象认知以外的事物。"

"兴许是出于对这里……或者说他们认为这里加入星盟不够名正言顺，因为伟大展品只是个个案。"

"有可能。"

"或者出于对公平规则的质疑，再不然……类似妒忌？"

"这个听起来很低级，像是还没开化的生物。"

"兴许这也是原因之一，他们就是这么看这里。你呢，觉得是什么？"

"一样不知道。"

"也随便猜猜。"

"觉得剔除个案后，人类就不再符合准入标准。"

"可大家都知道这只是个象征，就像一开始猜的，很可能它已经达不到标准了。"

"不过这是块遮羞布，一个官面上的理由。如果理由没了，很多中间派的立场就会变化。"

"那这不算外星人的动机，人类的袭击者也是这么想的。"

"那就是觉得人类属于小概率事件，还不应该加入星盟。"

"这和我说的类似，本质是对固有权利打破的不满。"

大胡子一脸疑惑，"啥固有权利？"

"就像保守与改革。既定规则之上总会滋生出特权。变化就会颠覆特权。那些你觉得没什么用的新技术，实际上会带来一种平权。"

"然后再滋生出新的特权？反反复复，和人类倒是很像。"大胡子继续抓挠起来，"我还以为你比较亲近外星人呢。"

"外星人也不都一样。"

"那么应该还存在正向的动机。就像教育下一代，人类还不到进入的时候，无论从社会，还是生理进化，都还要再学习、再成长。"

"我听说过类似的。"年轻人比画了一下，说："反降临派里有个激进分支，有记录的，对伟大展品的袭击有两次。他们的核心理念是星盟来早了，对人类来说是揠苗助长。"

"所以这也是人类能想到的。"大胡子挠胡子挠得能听见声了。

"没办法，想象力受限于认知，我很难理解他们。"

"因为认知也是片面的。"大胡子说，"我听过一种说法，根源还在于人类大脑的生理限制。好像是说人脑在单位时间里只能处理有限的信息量，那些超过阈值的信息会被自动忽略。"

年轻人点点头。"刚才提到的那个激进反对派，也有一段类似的理论。认为科技发展已远超过人脑的进化，所带来的庞大信息量让大脑难以承受，只会更加削弱认知和想象力。即便新的科技解放出更多的精力、脑空间或者其他什么的，但人类处理信息是有限的，只能把这些用于别的地方，因此变得堕落。"

"他们说的没毛病。"

"是的。他们还认为只有时间的沉淀才能弥补这种差距，要给人类，尤其是生理上的发展和进化的时间。但他们后来采用的手段有些激烈。"

"任何组织的终点都是疯狂与灭亡。"大胡子故作深沉地总结。"不过他们这套理论确实有些道理。生理大脑对认知和想象力的制约，会成为技术突破的屏障，也是宇宙设下的筛选。可惜被这玩意儿打破了。"

"所以它才是个奇迹！"年轻人眨了眨眼睛说。

"不过这种筛选从另一个角度看也是一种保护。"

"我觉得人类没那么脆弱。就比如，刚才说的大脑制约的问题。实际上，人脑进化出一种模糊化分类识别信息的本能，就是对事物符号化分类处理，以此来降低信息处理量。"

"这不是啥好事，甚至是造成认知片面的根本原因。符号化只能反映出事物一两个方面的特点，甚至还可能是错误的，就和外星人这种毫无道理的归类一样，把完全不同的事物放到一起。"

"但同样的，学习会更快、适应性会更强，所以没必要担心。"

"不过最终这种偏差会放大，导致对宇宙、万物的理解会越来越错误。"

"兴许人类喜欢去研究智能机器就是一种想要弥补自身生理限制的潜意识行为。"

话音刚落，两人同时扭头，瞧向身边的机器人。它们依旧在那儿微微摇晃，像是和着某种旋律的节奏在跳舞。气氛逐渐变得古怪起来。

又沉默了一会儿，高个子年轻人清了清嗓子说："智能方面还没什么进展。"

"毕竟星盟也不擅长这个。不过它们倒是能作为人类不同于其他智慧生物的象征。"

"对了，象征的话，也是一种符号化，一种对应精神投影的概括。比如说——胡子，往往暗示某种生活态度，又有少部分被引申到智慧，不过更多的还是象征男性权威。在某些作品里，可能会因此被命名为'大胡子'或者'挠胡子'。"

挠胡子的假笑了下，又配合地抓挠起胡子。

"你真的没事？感觉很难受的样子。"年轻人眨着眼问。

"还能坚持。"

"你那儿好像挠破了。"

"哪儿？"

"左边，靠上。"

"没事。也快结束了，不是？"

"你这个应该算内分泌失调吧。雄性激素过多造成的。"年轻人说,"提起激素,有个事还挺有意思。星盟也受限于原本的认知,如果不是接触,他们都无法想象到人类会是受激素影响的智慧生物。这或许就是宇宙的魅力吧。"

"我老觉得正是因为这个,人类社会才难以理性化。你想,喜怒哀乐各种情绪,全非意识可控,最主要的还能受外界影响——那些植物、菌类——显得不那么成熟。"

"所以才会带来更多的变化。就比如,符号化的模因,促进文明。激素也是这样,触发未知,催生新的事物。兴许这可能才是宇宙生命的最终形态。"说完,年轻人又眨着眼睛扫了眼旁边摇摇晃晃的机器人。

"我更倾向这是人类无法走出太阳系的原因之一。一个种族并非全是在理性的指导下,连繁衍都要靠身体分泌物的影响,就会变得混乱。无数个国家、政权,以至于连最基础的度量衡都还没统一。"

"这倒没有什么。星盟也是个复杂体,各种外星人,是联合政府。"

"你对外星人懂得挺多。"

"节目里讲的。"年轻人说,"有个频道叫《宇宙真是妙》。你没看过?超火的。"

大胡子继续挠着胡子说:"我对年轻人的东西不大了解。"

"那里面反复提到一条宇宙交流基本原则,很有道理,就是文明之间没有相同的价值观。应用到文明内部也一样,没必要苛求,我们需要不同的习俗,相互尊重才是基石。这也是所有文明血和泪的教训。强行推行自身价值观,总要众人皆同的,最终都害人害己。"

"就像宗教?"

"是的。别传教,除非你死了。"

"那要是价值观冲突咋办？就说谋杀生命，可能有推崇的，还有觉得是不可饶恕的。那么一个推崇谋杀的种族，杀掉了抵制谋杀的种族，又该尊重谁？"

"这只是假想的思辨，实际是不可能的。文明的发展有一个必然的趋势，这有点像趋同进化，最终会发展出相近的基础道德。就以剥夺生命为例，即使最好斗的种族也不觉得是对的，只不过在判罚标准上存在差异罢了。再如，没有智慧种族会食用智慧种族，至于是否食用其他生物，就看各自选择了。"

挠胡子的愈发奋力，"相近的道德难道就不是相同的价值观？或者说只有这样，才能被认为是文明，就像星盟那个效率百分之八十几的门槛。这也是一种象征？所以没有相同的价值观只是建立在相同的价值观基础上的没有？"

"和准入标准并不同，基础道德不是人为规定的，而是自然而然形成的，是宇宙规律。可以把它想象成一种过滤器，通过了才算是文明。"

"那为啥不直接把它设为星盟准入标准，非要再弄一个人为的？"

"还是有差别的。前者是划定文明、侧重筛选，而后者则是决定层级、重在保护。"

"保护啥？"

"保护文明的内在发展……"

"这不矛盾？"大胡子拍了下展柜问。

年轻人眨着眼睛，没说话。电梯里的气氛随之安静下来，又渐渐变得凝固。大家都仿佛是在等待某种指令似的，连大胡子挠下巴的手也停了下来，之前的伤口似乎又大了不少。直到年轻人咳了一声说："所以这就是你的理由？"

大胡子沉默了一小会儿，拍了拍肚子说："不，那都不是理由，就像前面说的，你们无法理解，就像……算了，这个例子我不知咋用这种语言说。所以你早就发现了，只是一直套我的话？"

年轻人眨着眼睛说："要发现很容易，看就好了。而且别忘了激素生物。你也说容易受外界的影响。所以一点小手段，就区分出哪个是假的。"说完，他挠了挠下巴。

"无所谓了。知道吗？我在这里观察了很久……"

"能看出来，你语言学得不错。"

"天赋如此。我愈是观察，愈是坚信星盟和人类不应该接触。换你的说法，人类实质上还并没有通过大过滤的考验。"

"有没有想过，你的观察只是经验主义错误。而且这个问题已经没什么意义。人类不会因此被星盟摒弃，星盟也离不开人类。"

"政治说辞。没有谁离不开谁，也不必高估自己。不过你倒是提醒我了。人类或许只是星盟某种意义上的政治象征，就像这玩意儿是人类身份的象征。"

"你并不了解人类。"

"那又怎样？难道你们还能阻止？这副壳子里有足量的你无法理解的爆炸物。所以还能靠什么？这两个低级机器人？下行时，我就阻断了它们的信号，让它们宕机很容易。"

"放弃吧，这毫无意义。"

"你理解不了。"

"我理解。"说着，两条眼柄从年轻人的眼眶里伸出来，顶端是密密麻麻的触手类凸起，时而卷曲，时而打开。

大胡子叽里咕噜地喊了一句，语气并不友好，而后撕扯起下巴上的伤口。"原来是你们啊。难怪喜欢滔滔不绝，浪费时间。但仍晚了，你依然阻止不了……"

忽然，一道强烈的蓝弧光闪现，亮得宛若恒星。不知是谁叫了一声。待光线消散，一切恢复平静，似乎没有发生什么变化。

年轻人按了按眼眶说："你太慢了，我已找不到话题，露馅了。还有，下次能不能给个提示，我快瞎了。"

"出其不意，方建奇功。"其中一个机器人说。而另一个左臂上伸出个篮球筐状的武器，不时闪过蓝光，伴着轻微的噼啪声发声道："我得适应会儿，毕竟两个空间信息处理速率差别太大。"第一个又说："何况我还得转译你们的资料库，比对分析出可能的生物种类，再找到应对办法。"

此时，大胡子已没了生息，整个人软趴趴地趴在伟大展品的展柜上。

"可怜的孩子。被精神体入侵，连大脑都没法扫描，没办法提升了。"第一个机器人蹲下来说。

"星盟会公正地审批他的。"伪装成年轻人的外星人指了指篮筐说。

"放心。我们都是成熟体，不会为这点儿小事就冲动行事的。"

另一个机器人接着说："这孩子体内的爆炸物已经被激活了。你知道怎么关掉吗？"

"我也不是防爆专家。另外，你能不能待在一个设备里，不要一句一换。"

"我尽快。"两个机器人同时发声。"看来只能老办法了。"

电梯在外星人自爆时就已到达，所以两个机器人和外星人便把伟大展品和趴在上面的大胡子一起推进全宇宙最安全的保险库里，锁好门。又等了一会儿，库门晃了两晃。他们相互点了点头，电梯开始上升。

"可以安排善后了，还得再做个展品。"其中一个机器人说。随后另一个接着说："而且回去后得有上亿泽的信息等着被处理。"再然后，两个机器人同时向外星人示意了一下。"那就这样吧。我们那边再聊。"

等对方接过篮筐后，机器人就都不动了。只剩下伪装成高个子年轻人的外星人。他抱着篮筐一样的设备，揉了揉眼睛。待电梯停下后，莫名地叹了口气，而后迈动脚步。

于是，展厅里响起巨大的回音。

【完】

费米悖论

一、先遣小队

在一处看不见文明痕迹，甚至连植被都少得可怜的荒野山脉中，一队人正安静地前行。他们穿着最新制式的宇航服，相互援手，攀过一道道沟壑。偶尔会有人停下来，敲敲打打，采集一些石土样本。其他人就在一旁极目远眺，望向天边的阴郁和山脚下的临时基地，以及那片远超目力所及的文明遗迹。

不过不同于外部世界的宁静，无线电频道里却热闹非凡，一路上的吐槽根本没停过。

"我想不出我为什么要在这挖石头……"

"流程要求……"

"说起来，我也不太理解这么搞的目的和意义……"

"或许是决策领导觉得这里和浪球一号的地表情况接近吧……"

"以前不是说像火星吗？"

"是为了应对有可能遇到的异种的交流训练。"

"它已把我刚入选时的激动和骄傲消磨殆尽了……"

"有奖竞猜，谁能准确说出浪球一号的标准正式名称？"

"行了，快点挖吧！"

"我说，你们不累吗？我已经快喘不上气来了……"

"什么奖品？"

"知足吧，宇航服较前面几代已经轻多了。"

"你们提示的氧气还有多少？我怀疑我的可能挺不到目的地……"

"要真没了，你就把头盔拿下来……可以算你牺牲……"

"前面的，有谁参加过咱们这个项目？"

"我们这次的目的地到底在哪儿？"

"不知道，一直就叫它浪球一号来着……"

"这项目是新加的。"

"终端的任务日志里有……好像是翻过这个山头后，有个山洞……"

"为啥定这么远？"

说话间，前面几人已开始继续前行。然而仅转过弯，行了不远的路，队伍便又不得不停下来。因为在这条靠流水冲刷出的羊肠小道前方躺着个人。衣物穿着并无特殊之处，只是脑袋已变了形，里面的东西没流出多少，都已凝固。旁边一块小腿高的大石，上面沾有血迹。

频道内一下子安静下来，随后爆发出更为热烈的讨论。

大家围着死者蹲下来，指指点点，很快便推理出是被滚下的大石误伤致死，可这场偶遇事故并不在计划之内，一时乱糟糟，无法统一说法。最终还是队长一锤定音："报警吧！"

二、警察

王涛盯着套在厚厚防护服里，正一摇一晃挤在会议室门口的宇航员，强打起精神，可一连几日莫名其妙的沟通让人身心俱疲，他不住地打哈欠。一旁的老张更是无精打采地翻着材料，跟着也打了个哈欠后，小声嘀咕道："这基地里绝对缺氧。王警官，你觉得咱还得几天？我有点担心大李。"

"那个辅警？等上面通知吧。估计什么时候猜出的信息和之前的笔录差不多，什么时候就是了。不过镇上应该不会再有什么事了。"

王涛也很无奈。这活儿就不是警察该干的，现在更俨然成了种折磨，可偏偏赶上了，还上升为政治任务。在这个偏僻、荒凉，常住人口不足千人的废弃小镇里，曾经的繁华早已烟消云散，几度再开发也都未能如愿，而今仍没有被撤销的原因，只是为了方便山上天文项目组的补给罢了。还能忍受这里生活的都是些痴迷星空，或者寻求心灵慰藉与解脱的文青病患。不过妥妥的民风淳朴、路不拾遗，一年到头都难得碰上一起案子。

所以一具死于非命的尸体，足以让上级单位重视。王涛便因此被派了下来，毕竟这里的派出所只有两名警员，其中一名还是辅警。可又不像是很重视的样子，还在路上的时候，他就被安排直接进了临时基地，现场、尸体全都没看到。这兴许和目击者是即将出征的航天队队员有一定关系，但也过于儿戏。又或者是由于辅警和先遣队有过直接接触，到过现场，于是只好把清白的他留下来协助实验任务。

这任务说起来也不太正经。总的来说，就是配合先遣队做遇到未知文明的交流演练，而内容是已完成的报案笔录。他和当时留守派出所的老张要根据对方提供的非语言信息总结出笔录内容。猜哑谜的新鲜感维持了不到一个上午，就被烦躁、困顿所取代，尤其是最初的几天，什么信息都没有，完全是鸡同鸭讲。唯一的进展是涉及数字类的信息，像时间等都已能理解无误，毕竟那些仅靠数手指头就能完成。他总觉得忽略了一种可能性的问题，就是即便是面对外星人，也得找一个两边都看得见摸得着的东西聊吧。好在昨天有下发调整通知，说是接触初期阶段，应是建立在双方各自对某一事物都有认知的基础上。虽然句子词汇比较绕，但大体是解释了他的问题，所以他一早便收到了有关现场勘查的照片和初步尸检报告的复印件。

这些都是那个看起来不大灵光的辅警整理的，格式不太规范，条理也差了些。但案件并不复杂，从仅有的信息看应该是起意外：一个倒霉蛋儿被偶然的落石正巧砸中。不过尸检报告后有提到还在做进一步的全面尸检。估计是牵扯到航天部门，否则除非存在疑义，不然不会做深入尸检。

可就算有了已知信息，于王涛来说，对面两个不说人话的目击者仍是最大的问题。他有理由怀疑，在厚厚的防护服下，每天来的人都不一样。他尽可能去理解、想象这么做的意义，不过这显然超出他的认知范围。就像那个闯入太阳系的流浪星球，上面真的可能存在文明吗？似乎并没在那上面观察到行星发动机的痕迹。当然，科幻电影和现实之间的差别巨大，不然跨文明的翻译工作直接交给一个小盒子就能搞定，用不到这般费劲了。

对面两人已开始今日份的表演，不知是换了人，还是换了套新的语言，动作看起来和昨天不太一样。一个扭曲着身体瘫在椅子上，另一个像猴似的蹲在旁边，抓耳挠腮。王涛先是往旁边扫了眼，在桌子底下怼了一下看材料看得眼皮打仗的老张，然后强行把注意力拉回来，并试着把材料信息和眼前的表演结合起来。

他努力地去想象那位于戈壁群山中的现场。一个晴朗的下午，在山间徒步的受害人，可能唱着歌、蹦蹦跳跳，也可能低头沉思，未能注意到山顶的变化，又或者只是迷了路。然后被山上滚落的石头砸中，瘫倒在地，斜挎的包被压在身下。他是去协助维护望远镜的，镇子上大部分人都以此为生。但独自一人，又没搭乘交通工具的情况却不常见。他可能是去找某种心灵的启迪。不过这些都不重要，也不是对方在表达的内容。

"我还是不知道他们在弄啥。"老张撑着眼皮，小声说。

"这是组数。"

"这个我看出来了，但是啥意思啊？"

"他们肯定知道。"

老张嘿了一声，便转回头，在自己的记录纸上涂抹起来。王涛歪脖看了看，不知道画的是猩猩还是猴子。不过直觉上，他认为对方说的应该是个距离。发现尸体时的距离？还是到最近望远镜的距离？或者石头与尸体间的距离？又或者蹲下的代表石头，数值是描述石头的大小？三个多脑袋那么大吗？

王涛搓了搓脸，杂乱的思绪像是在大脑里撒了一大袋跳跳糖。他又想到受害人的行为逻辑还是挺古怪的。为什么去，怎么去，去干什么，又将如何回镇，等等；如果是去维修望远镜，那维修的是哪个，其他维修员呢，他怎么又跑到现场那里的，等等；他的社会关系又是怎样的，与镇上的人，与那些望远镜现场运行团队的科研人员，等等。没能到现场实地调查，总像是缺了什么似的。都说现场和尸体会说话，能交代信息，洛卡尔物质交换定律，不过都是基于人类自身。所以他突然意识到就算最后猜出了信息，也不能说明和航天队的交流方案是有效的，因为人类的思维方式与外星人不会相同。这才是最大的问题……

一上午就这样在胡思乱想中过去了，王涛依旧没能有效地理解对方，甚至开始有些抵触，于是胡写了几行记录，交了上去。

三、望远镜运行组员

人类相互鄙视又不得不抱团取暖的本质到哪儿都一样。这地方虽然人少得可怜，又没啥娱乐，却独立出三个不同的世界：基本没啥建树的窥天者，穷到上不了税的小镇居民，以及天知道为啥派过来的送死小队。半个月前还只有前两者，靠设备维护和日常采买彼此有些交集。而后来的培训基地自打建成，就完全独立于世界之外。半个月以来，一直一副高不可攀的样子。不时能看到一串人，像牵线的绵羊般，四处溜达。

当然，孙硕并不觉得这些想法是出于嫉妒。长久地窥探星空已让他足够的敬畏和谦卑，内心平静如水，不然也做不来这份常驻于此的工作。然而让湖水泛起涟漪的正是面前的这个家伙。

他们相识于校园的同乡会，但顶多算点头之交，他是学天文的，夙愿是要见证宇宙的奇迹，也因其努力正一步步在实现。而对方只是个小学弟，好像是化学院的，一个几乎要被生物学合并了的末路学科。可世事难料。没想到对方竟入选了航天科学队，能先一步实地去找寻宇宙的奥秘。要知道，那个闯入者还是他这里最先巡天到的。

但最让人难以接受的是对方全副武装的打扮，包裹着航天服就像头臃肿的北极熊。如不是提前收到了对方的邮件，保准认不出来。

"你咋上来的？"

对方皱了下眉毛，在耳朵边一通比画。他不得不贴到头盔上，冲里面大喊。对方这才指了指窗外。

"基地还有皮卡？烧太阳能的？你穿这身咋开的？"他大声说。

对方又是一连串根本看不懂的手势，然后拍了下头盔，从外挂兜里掏出个小开本的笔记本，翻出其中一页，上面提前写好了一大段话。大意就是按任务要求必须这样，他也没法说话，因为会有记录留下。

"为啥？"他吼道。

这问题显然在对方设计之外，那一脸欲言又止的苦闷隔着头盔都能感受到。沉默了几秒后，对方做了个应该是稍等的手势，又翻到了第二页。大意是询问能否借用望远镜数据中心的空闲算力跑一组分析，字里行间透露着不想被拒绝的意味。

"干啥？"他扯着嗓子。对方又盯了他一会儿，而后笨拙且疯狂地翻找起外挂口袋。

　　这时，楼外传来警笛声。他做了个手势，也不知对方看懂没有，便走了出去。等来到院子，"哇呜"声也恰好停下来。从车里钻出来的是镇上的警察，相对年轻的那位，面容严肃得有些呆滞，来做走访询问。前面山口发现了具尸体，是镇上来的协助保全设备的人员。

　　孙硕仔细看了看警员展示的照片，然后摇摇头。"没见过。我这明天才会保养。所以其他人都放假走了，需要的话，我可以把照片发给他们问问。"

　　对方并没有采纳建议，点点头便开车走了，连通信方式都没留，感觉对待工作的态度比他们还要敷衍了事。转回屋，他才想起还有名宇航员在等着他。

　　不过没等他开口，对方就先把本子递过来。新写的铅笔字迹大而零乱，所以满满占了好几页，主要回答他前面的两个问题。任务的要求是基于心理学层面的，以此隔离、异化接触的事物，来应对到达浪球一号后可能的第三类接触。对于这点，孙硕有些不以为然。宇宙的奥妙在于规律，文明只是偶发的另类。何况流浪行星并不是啥少见现象，只不过这个刚巧跑到地球附近。就算还有外星文明的痕迹，经过奥尔特云和柯伊伯带的洗礼应该也剩不下什么了。要不然是一大堆埋在地下的服务器？说不准有例外，毕竟人类的想象力有限，宇宙却总有惊喜。

　　至于对方想要计算的东西和警方刚刚询问的案件有关，听起来近乎天方夜谭。先遣队最早发现的尸体。或是出于职业习惯，又或是遵循任务流程要求，这位学弟对尸体做了取样，而检测分析结果竟然显示死者的年龄应该不会超过十岁。上报总局后，那边深入尸检的结果却是一切正常，最终认定为操作误差。

　　孙硕点点头，"也可能是设备问题。"说完，才想起来对方听不见，于是清了清嗓子，吸了口气，转念又停了下来，拿过本子，写在上面。

对方则写道：绝不会！我们横向比对过，不然也不会上报。也考虑了误差，所以放大到了十岁。但他们对误差的取舍并不认可。所以——对方接着把本子往前翻，找到之前写好的段落，圈出来几句话。

"所以你要借用算力来精确误差？"他挑了挑眉，"可这有啥意义？"抬头看向对方后，才想起要写到本子上。

就这样，两人你一条我一行的对起话来。孙硕有些恍惚，像是回到了中学早恋时代，只不过对象成了一个套着航天服的汉子。谁都没有再说话，除了笔触声，周遭安静得就像宇宙。下午饱满的阳光从窗口溢进来，让世界变得更为虚幻。有那么一瞬间，他想这会不会是某种陷阱或者阴谋论啥的，但望远镜保养时间都是公开可查的，且这一片七八个望远镜项目，咋都能找到资源和人脉。多半还是被这莫名其妙的事情搞得有些神经过敏。

而他直到最后也没能理解对方的行为意图和目的，但不妨碍答应下来，毕竟内心的道德律比不过人情往来。可怎么都觉得事态，或者说整个派遣项目正向某种非理性的方向滑去，甚至有些滑稽。他说不清是应该建议对方去看看心理医生，还是他自己。

四、心理学家

"这算是觉得我有问题？"

"别紧张，不是你想象的那样，只是出发前的例行评估。每个人都要做，也包括我。"

"自己评估自己？"

"上面会安排其他医师的。放心吧，流程不会放过任何人。"

"那我们怎么开始？做问卷吗？"

"用不到，用不到。你可以完全放松下来，就是简单地聊聊。"

"越简单越不简单。"

"说得对。所以还得认真点儿，说不准谁会因此被踢出去，有可能是我，有可能是你，甚至可能是队长。"

……

"那咱们言归正传。说实话，一开始队长找我加入项目时，我还以为是一种新型骗局，最后还惊动了我们所长出来解释。现在想起来挺搞笑的。你呢？入选时什么感觉？"

"不清楚，轻松吧。"

"这倒不常见。类似哪一种呢？放假休息，身心愉悦？或者甩脱某种负担、责任，无羁绊所累？再不彻底自由了，财务自由、生育自由、生死自由，无拘无束？要么是精神上的，大彻大悟，超脱宇宙那种？"

"后两种没活过，不知道是啥样。"

"好吧，我也没活过，就是个比喻。接下来这个问题可能要严肃些。你对地球怎么看？"

"这听起来像是在问外星友人。"

"哈哈。是有点儿。那么外星友人，我们换个问法，你对人类文明的感官如何？"

"这不是面试时政审的题？"

"哦，抱歉，我忘了你是公开选拔入选的了。Sylvia 还有 Suzuki 也是这么入选的，不过他们好像是有过上天经验的，对吧？所以完全的新人就是你和我了。"

"还有大乔。"

"对，大乔。但他太强了，每项训练都是优秀，完全不像是没有经验的。而且精力充沛，就连去和警察交流，他也丝毫不觉得无趣。"

"你来比画我来猜？"

"你好像没参加过？"

"我不擅长这个……"

"如果你没笑的话，我就信。"

"这没啥。我一直都觉得那没啥子意义。"

"我能理解。其实从增加这个临时基地开始，不少人就都有一定的抵触。不过队长他们说的也有道理。这是一种预备性演习，尽可能去想象可能会遇到的情景。"

"然而关键是人类的想象之于宇宙过于单薄。这些除想当然式的形式主义外，啥也证明不了……"

"要看怎么定位吧。我倒没意见，毕竟轮不到我操心。就是宇航服穿着太沉，所以除非必须任务，我尽量都不出去。我看你这几天一直在外出，有什么感觉吗？"

"很尴尬，像个傻子。不过回到基地也一样。现在更尴尬，大家都有意识地忽视那个问题不是吗？"

"所以你并不认可上面的回复？"

"你是指那份没有任何数据支撑的套话通告？除了敷衍，还能看出啥？只能说明缺少必备的科学素养。"

"那对于我们内部讨论的意见呢？大家好像都比较认可误差以及取样问题的说法。"

"首先，取样不可能有问题。我不接受这样的质疑。而且它不可能呈现出……贴近原始的状态，甲基化的情况、端粒的情况，大家都核对过，不是吗？误差的话，这几天我去做了计算。数据比对后的偏差不会低于 4σ。之前的结论没有问题……"

"你在哪儿找到计算资源？"

"山上的天文台。不过可借用的有限，我把能协调到的 DNA 留档信息汇总到一起，主要计算年龄和修饰情况的对应关系……"

"所以协调了很多人？"

"只是找了几个老朋友，然后他们再找其他人。所以信息基数绝对是够的……"

"那怎么沟通的？"

"电邮。假装自己在太空。是这么要求的，不是吗？"

"天文台那边呢？"

"……所以这是违规调查？你大可以去调查我的记录。"

"抱歉，抱歉，这只是我个人的意思。我是想那种沟通和现在与警察的对话应该是相近的，或相同的，所以想了解下你是如何做到的。"

"我倒觉得没有可借鉴的意义。首先，之前有邮件的铺垫。然后大家的思维、基础认知是近似的，有时候一个眼神，就可能心领神会。对我们这些人来说，反倒在研究结果上的分歧会更大。"

"所以你仍坚持……"

"我是用数据结论讲话。"

"呃……专业性上的我不好说，但以正常逻辑、行为动机出发，还有很多不确定的，而这些都会影响到结论。另外，别忘了剃刀原理。所以其他人也是基于理性的选择。"

"你觉得你来比画我来猜里有多少理性？生活往往更荒谬，不是吗？或许我们根本没必要去浪球一号，外星人就在我们身边，那个倒霉蛋就是。这就能解释一切。"

"哇！是什么触发了你这样的想法？"

"我们不是要尽可能地去想象会遇到的情景吗？而且有检测结果做证据，概率至少比登陆后虚无缥缈的接触来得大。"

"那好，假定不管基于什么原因，外星人长得和人类一样，那他独自上山要干吗呢？"

"既然混迹在地球，肯定不会是一个，或许山里面有他们的基地。"

"就在那些天文望远镜旁边？那我们为什么没有发现？"

"可能更高级的科技，毕竟是跨越宇宙的外星人。"

"你看，你这个设想无法证伪。你总能找到解释，而且还是靠增设的手段。"

"心理学也需要谈论证伪吗？"

……

"好吧。那你是希望留下来调查身边可能的外星人？"

"不，那只是对未知异常习惯性的探索。我对这里一点儿也不留恋。"

"就没有家人好友？像天文台那些？"

"仅仅是身份之间的交往而已。"

"也没值得回忆、想念的？"

"没。"

"不孤单吗？"

"不……一点都不。"

五、家人

提示音让张若熙从堆积如山的文件中拔出头来。她活动着僵硬的脖子和肩膀，顺手将几篇权重等级次要的文章扔给辅助 AI，以归纳和提炼。而后瞥了眼通信器，不由得愣住了。没想到这时候会收到姐姐的信息。

她与姐姐并不亲近。严格说来，更像是几年也见不上一面的远房亲戚，或是关系淡然的大学同窗，仅限于偶尔的联系和吐槽。可能是因为父母离异后，双方就被分开抚养，直到父亲去世才重新建立起联系。又或者她们太像了，除了工作，都不知该如何与人亲近。

姐：（"微笑"表情）还在调节谈判工作组吗？我看新闻进展不理想。希望别一直拖到我们返程就好（"骷髅"表情、"衰"表情）我这边快结束了，不过也快出发了。最近发生了个奇怪事，在我们枯燥的训练当中，我去问一下，如果可以的话，一会儿讲给你（"机智"表情）。

张若熙揉了揉眼睛，印象中这应该是两人交流中最长的一段话，一时间不大适应，甚至有些怀疑那端的很可能不是本尊。她扫了眼屏幕上的时钟，估算了下那边的时间，猜测对方可能只是失眠无聊。叹了口气，她想重新埋进文案，可却再无法静下心来。那些往来的通告、各种纪要，讨价还价的条款细节，云山雾罩的说辞都仿佛一张张喋喋不休的嘴巴，嘶吼着各自的立场。所以真正推倒巴别塔的正是人类自己，就算有 AI 互译，仍不过是自说自话。她和姐姐的工作就是两个极端，之间巨大的撕裂感正是人类矛盾的体现。一边是文明之美，已远至宇宙，触碰他星；一边则是阴沟暗槽，为了资源，你死我活，就连调节也各自算计，迟迟难以进展。她回了条消息——什么怪事？（"撇嘴"表情、"疑问"表情、"疑问"表情）

等了会儿，一直没有回复过来，张若熙站起身，向窗外远眺。无数示威者被隔离在街道对面，拥挤着高喊不同的政治诉求，一波波的声浪仿佛战争舔舐后的余波。

这时，提示音再次响起。

姐：一次最好发一大段话。虽还没出发，但我们现在对外的沟通会故意设置人工延迟（"平底锅"表情），目前还好，我们刚模拟到火星那么远，再后面的通讯就得发定时长的视频日志了（"摊手"表情）。

够折磨的（"笑泪"表情、"笑泪"表情、"拥抱"表情、"加油"表情）。

习惯性发出后，她才想起要多一些，于是又补发了句——这就是怪事？（"疑问"表情 ×2）随即又想到那边突来的信息，很可能是基于某种训练项目的要求，诸如告别演练之类的。

十几分钟后，那边的回复才过来。张若熙利用这期间将手头的工作简单汇总后，提交给了同组的其他同事。这种细碎的案牍工作总是没头没尾的。

姐：（"微笑"表情）怪事是这样的。十来天前，我们在一次野外探索训练时，探索到一具尸体，应该是场被山石砸到的意外。官方已结案，但奇怪的是受害者，他好像是故意到那里被砸似的。后来有打听的消息说尸体那天的行为确实比较突兀，而且那天参与保全望远镜的也没他，还有我们选的那条路本就人迹罕至，离哪儿都不挨着。大部分人倾向阴谋论（"狗头"表情），藏着宝藏、秘密基地啥的，毕竟这里曾辉煌过，那个年代的石油小镇，本身就是传奇故事的好背景，虽然理智讲更可能是巧合的宿命。不过有个神经病认为死者是外星人，依据是份错误的检验数据（"炸弹"表情），不愿承认，却以此来言之凿凿。最可乐的还是和警察的交流，我们就像是 A 国哑巴对上 D 国哑巴，各比画各的，谁也不懂谁，最后只得不了了之（"不如跳舞"表情）……

张若熙完全没能共情到这件事奇怪在哪儿，又可乐什么。不过这倒是她们的常态，交流更像是把对方当作树洞，如此产生的羁绊反比血缘来得紧密。这也说明人类的悲喜并不相通，所以才有这么多的纷争与吵闹。若是往常，简单回个"微笑"表情或"大笑"表情，对话便算是结束了。可又是延迟，又是这么一大段话，堆积成无形的压力让人不好意思无视。忽然，她想起在一次茶歇中，有个其他国家的文员提到一直在利用辅助 AI 来应对自家父母那些不可理喻的要求和过时的观念，效果还不错。她想了想，便将来信复制给 AI，询问评论看法。AI 的答案简单极了：或许还有种可能——那死者是个人工智能，哈哈哈哈……

张若熙皱起眉。过于幼稚和浮夸了。她不得不将前面几次的聊天记录也拉进来，充作学习资料，才得到一段相对正常的回复。简单修改措辞和语序，加上两处表情后，发了出去。随后意识到姐姐那一大段话搞不好也是 AI 协助的。她又读了两遍，但没看出问题。最终自嘲地笑着摇摇头。

如果人与人，地区之间，国与国之间借助 AI 协调，是否能减少争执？她想。可能也不行，因为在此之前，AI 威胁论的争执就会先一步爆发，骂战、示威、暴乱……人类好像只能非此即彼。不过如果是东方人的话，按古老哲学看，受二元论的影响应该小一些吧，或者可能受现代传播媒体的影响更大？

就在张若熙思绪飞扬时，大楼外的示威人群间演起武来。叫嚷声顶开窗户，冲进来，越来越大，一同的还有警卫的鸣枪声、呵斥声。大家都聚拢到几扇窗边，向下观望。她没去凑热闹。

随后莫名的一段画面跃入脑海：浩瀚的宇宙中，残破的星球上。姐姐那队人与外星人相遇了。外星人说，你好，姐姐。然后姐姐一拳将对方撂倒，发了条消息说：你好，外星人。

六、外星人

我从有意识开始，就知道自己和它们不一样。虽然看不出差异，但确确实实是两种完全不同的生物。别问我是怎么知道的，那解释不清，也没机会和能力去搞懂背后的原理。外信息素？电磁感应？管它呢。有个词怎么说来着？血脉传承，大致就是这个样子吧。

这种不同是本质上的。我曾试图去融入它们，但每每都以失败告终。随便举个例子。它们的沟通主要有两种方式：一种依靠复杂的发声，一种是直截了当的肢体。而它们更倾向于前者，鄙视后者。这就很违反常理。为何要弃最有效的方式而不用呢？要知道它们的求欢和繁衍都是要靠肢体交流的。我现在也想不明白，但是学会了保留意见，入乡随俗嘛，不像一开始总试着想要扭转它们的习惯，因此吃了不少的苦。好在它们没有识别物种的天赋和手段，只当我是生病，而不觉异样。它们中倒是有一部分坚持肢体交流的，但可惜也走偏了，一大套乱七八糟的手势，却缺少情感，反倒更为复杂。

后来我才明白，它们就是喜欢复杂。

所谓的生病也是。它们信誓旦旦地说我是得了精神类疾病。那些复杂的定性诊断，我至今仍无法理解。不过好处是我被主动吸纳进它们中的某一群体，虽然一样无法真正地融入其中，但却加深了对本地社会的了解。那套复杂的发声交流手段，以及相对应的书写方式，我都是在这段时间内学会的。

除此之外，我还与个别几个相处得不错。其中一个把原本的发声系统整合成了几个简单的单音节，然后靠音频的变化、声量的大小和长短来传递信息，可惜没能推广开，仅有我能和它简单地对话几句。还有一个是真正的肢体交流大师，它用的不是那套乱七八糟的手势，或是像电视里那种花里胡哨的比画，而是简单有力的。我们聊过两回，还比较通畅，就是有些疼。它偶尔还会和服务员做更深入的沟通，可不知为什么即使对方聊得再愉快，却仍认为它的病没有好。或许是因为它并不高兴？

要说和我关系最好的，还是一个后来的家伙。我们仅靠眼神就能做到有效的互动，以至于我曾错以为它是同类，然而血脉的天赋告诉我，我们不一样。但不管怎么说，它成了我融入这里的桥梁。我们常常在夜晚攀上楼顶，仰望星空，各自发呆。有一处区域总是莫名地吸引我，我能盯着那几颗不算明亮的小星一整晚，陪它们从东到西，直至阳光把它们涂抹掉。我不知我朋友是否也有同样的感觉，但每次太阳初升，我去唤醒它时，它都是泪流满面。它是在述说一种喜悦的哀愁，它说宇宙真美也真大。然后我回给它一个认同又敷衍的眼神。我们便一起下楼吃饭了。有一天，我们刚坐到楼顶。它拍了拍我的肩。转过头，我从它的眼底听到它说，想去看更大的宇宙。我耸了耸肩，去哪儿？它指了一个方向。于是，我们就出发了。

这里要说明一下，以它作为融入桥梁实际上并不成功，因为它和其他本地人之间是撕裂的。当然，也可能是我们之间的互动并不完美。比如，它喜欢动物，无论是猫、狗、乌鸦、麻雀还是老鼠，它都喜欢。动物也喜欢它。它曾在一只大狗身上放石头，开始一小排，像是恐龙的背帆，后来越放越多，堆成了小山，那狗却始终一动不动，任凭它摆弄。而我永远无法与那些低级的生物共情。就拿狗来说，我咬过不下十个品种。

我们另一个分歧点则在于本地人那些不知所谓的艺术，什么音乐、雕塑、戏剧、电影，还有电视剧。尤其是最后这个，信息效率低得近乎为零，完全不需要用到任何的信息处理器官。也就绘画还好些。可它却认为这些是更伟大的交流，跨越时间、空间，让两组完全不可能相遇的人彼此沟通。这不是扯吗？

我一定是和它相处得太过融洽，而忘了我们并不一样。所以这些不同随着一路跌跌撞撞地前行，逐渐扩大成沟壑，等到达这座破败的小镇后，我们已位于宇宙的两端了。在翻过最后一个山头时，我们停下来，再次一同仰望星空。这里的星星太亮了，亮得像是在传递某种信息。我们由此知道这段旅程结束了。

之后即便同处于一个小镇，我们也再没有联系。偶尔的擦肩而过，也如陌生人一般，我再也未从那转瞬即逝的目光中读出信息。作为本地生物，它融入得很快。而我则在破旧的断壁残垣中游荡，利用那套不太熟练的发声交流试着融入，最终被一位年迈的本地人接纳。它喜欢碎碎念。我却无法从中得到有效的信息，只能简单地回应。它也不奢求什么。我们平静地相处着，直到它消散，又由我继承了它的一切。那天，我感到一阵从来没有过的悸动，原因未知，或许是因为有了本地的身份吧。

我第二次感到这样的悸动，是我那朋友突然找上我。它递给我一小瓶东西说："我要走了。到时把这个浇我身上，能免去些不必要的麻烦。"离开前，它看了我一眼，最终却没再说什么。我也终于明白了，我们不一样，却也一样。它消逝在我们最后一次观星的山头，但很遗憾，我不是第一个发现它躯壳的人。

而就在刚刚，那些要去追逐星星的本地人撤离时，我感受到了第三次悸动。但我只是远远地看着。

"大李！"

我的搭档在喊我。它是个地地道道的本地人。我们相处得不错。我很喜欢它。

七、先遣小队

……

"有什么发现吗？"

"荒漠算吗……"

"哥伦布组呢？"

"……比张骞组强点，我们这边有石头。"

"记得取样……还有几天，希望能有新的发现。"

"恩……希望。"

"……我说伙计们，你们不觉得奇怪吗？"

"奇怪啥？"

"这里太干净了……不说别的，你们有发现陨石坑吗？想想，茫茫宇宙，这一路不应该比唐僧更艰辛？"

……

一阵短暂的沉默后，是猛烈地爆发。频道里已听不清都是谁在说什么了。然而无论是浪球一号，还是整个宇宙都安静得没有一丝声响。

【完】

Ta 杀

蟾蜍同把二者唱，巴别和泡沫儿。

——沢木欣一

12 月 22 日

4：06am　密室

"说是个密室？"张放一连进来便嚷嚷着。

可舒树完全不想提这个词。在现今社会，绝不可能有人能想象或者设计出骗过科技的诡计。所谓的密室早在七八十年前，就已被科技刑侦打穿了墙，何况如今还有 AI（人工智能）辅助。然而今晨这起案件的现场，从目前得到的信息看却是密室无疑。这离谱极了！眼皮不由得又抽搐起来，有几次险些让眼球发出错误的远程指令。使劲按了按眼睛后，他将临场远程机器人的全视角共享过去。

这是一间典型的地下 AI 通译工作室。原本是由两个标准建筑模块搭成的单身公寓，门窗相对，纵深近七米，长宽比二比一，里面未做任何个性化修饰。沿墙码着一圈网络机柜，能看出开始时还摆放得有规划，可后面就随意多了。各种线缆从机柜里延伸出来，棚顶地上，彼此交错，宛若一张大网，而盘踞在网中心的是一台接入舱。其相关信息已被后台同步推送过来，不过诸如型号等官方信息并没有多大的用处，备案注册码一看就是假的，相

131

应的一系列交易手续也很干净。设备改装过，DIY（自己动手制作）风格强烈，所以这次的受害人还是有些能力的，并非单纯的"大脑售卖者"。不过此时尸体已被机器警员运走。

舒树分线程在舱内还原出尸体的三维建模，说："死者是名地下通译，死亡时间在一个小时前，同样是因非法辅助剂过量引起的猝死。机器人我安排到下面翻垃圾去了，毕竟收到的报警及时，还没到垃圾运走处理的时间，看能不能找到啥。再多再详细的信息就看全面尸检报告了。"

"能明确和前面两起一样？"

"大部分。这次是大腿内侧大隐静脉注射。"舒树边说，边将还在不断更新的案件文档共享过去，想来张放应该还没看。"但不知弄了啥，把整栋楼从网络里踢掉了线，所以这次的报案人是通信公司。具体原因还不清楚，通信公司等着现场勘察后，才能进来确认。我们现在能连进来，是因为辅警临时搭建了我们内部网络。至于 AI 任务中心那边已经发了通告过去，不过协调令还在审批，之后怎么都得去一趟拿数据。"收到报案后，他就联系了手里的特情，可由于是私活，具体的 AI 对接信息要倒几手或者利用非正规渠道才能拿到。AI 任务中心那边的数据相对会快一些，不过大部分私活登记的都是假身份，仍需用穷举法筛查，同样费时。但两手准备都要做。

"行吧。也只能往好了想，至少我们这次更接近案发时间，算是一个亮点。"

"但这更像是来自凶手的挑战。"舒树推起眉毛，眼皮抽搐得愈发厉害。这种间歇式的神经跳动兴许和起得过早有关。"他似乎觉得我们之前的效率太慢，甚至都没破解出前面留下的谜题，"他下意识扫了眼接入舱，"便搞了这把，手法也升了级，目前应该都在他的计划里。我怀疑距离上一个案子之所以有十天，就是他在设计这个诡计。尽管不愿承认，但不得不说对方确实成功了。

首先公寓门窗都是从内锁死的，没有入侵痕迹。门旁边墙上的洞，是机械警员为进入切出来的。已确认门上电子锁一切正常，没有被黑过。而且周边的监控显示在死者死亡前后一小时内，除了机器警员，没有任何人（包括清扫机器人）进入或接近这里。屋内同样干净，各种探测设备的扫描结果几乎都是空白。除了一小部分受害者的痕迹，没找到其他人的，也没有自动机械的留印，没有气味，更没有 DNA 残留，干净得就好像被大水冲洗过……"

"看到了。材料的信息看起来像是他先进入现场，清洗了一番后，等着受害人进来、对接，留下痕迹，再行凶的。"张放一激动，声音就有些上挑，"他是鬼吗？死者竟然没看到他，现场连打斗的痕迹都没有。这是怎么办到的？见鬼了！"

"所以这点非常不合常理，兴许正是密室诡计的关键点。而所谓的诡计不过是我们思维定式的盲区。"可舒树现在毫无头绪，眼睛不舒服连带着脑袋也变得迟钝，只好继续重复已知的信息。

公寓楼之前调整过两次结构。最早属于一家网络娱乐公司，破产后被银行出租做了酒店，三年前才由现在的投资人接手重组成公寓。重组后的大楼一共十层，每层二十四户，四间一排，整体成正六边形。房间上下左右都是同样的结构，如蜂巢般聚在一起。案发房间在六楼东侧中间，临街。公寓楼的正门和各层走廊均有监控，街道上的监控也都能覆盖到楼体。在反复对比监控后，他倒是发现了一处每四十分钟会出现十七秒的盲区，可却是在街对面绿化带上。

"如果没有这个，就目前的调查来看，比第一起更像是自杀。"他控制机器人，来到接入舱的旁边。接着推进镜头，数码放大。那是一圈看不出意义的非语言类统一码字符，利用激光蚀刻在接入舱的外沿。在第一起案子时，大家都以为这只是某种个性化的装饰。直到第二起，才发现是凶手故意留下的"签名"。目前符号、密码方面的顾问都不认为蚀刻的字符具有实际的意义，语言学方面也提到这和人类语言的逻辑规则不符。当然，这种结论也是因为样本数量过少。对此他提交了一个 AI 分析任务申请，不过一直卡在内部的审批流程上，多半黄了。

"我觉得有点邪教的感觉。"张放说。

"那样的话就是集体自杀，而不是连环杀人了。"

"不过这次的变化有点大，我怀疑和前面两起很可能不是同一个人。"

"我也怀疑，不过心理侧写还得等信息汇总后才能更新。但不管咋说，我们都有的忙了。"舒树闭上眼，退出远程临场，但仍保持通话连接，"有必要把几个受害人的社交账号都重过一遍，深挖他们的大号、小号，包括已停止运营的平台，还有各自终端上的信息，以及套用过的通译资质马甲和后面的渠道手续。我不信发现不了蛛丝马迹。"

"这么搞任务量就不是一般大了。没想到这时候，赶上个这么麻烦的案子。可惜咱俩的资源太少，找不了 AI。"张放叹了口气，"我去想办法吧。看能不能插个队，用内部低级 AI 先跑一两个分析。"

"AI 任务的排查不用算在里面，我自己来。"舒树想了想说。他打算逆推排查，毕竟前面两起对接的都是同一个应用分析型 AI，这回也是它的可能性较大。如果确认的话，那这条线索就值得玩味了。不过一想到那些早已脱离人类掌控的 AI，他就觉得连眼球也疼了起来。

通话结束后，他闭着眼睛缓了好半天，才扯掉头上的临场接入设备。眼皮的抽搐仍未好转，被提前叫醒的大脑也昏沉沉的，但已被案件搅得睡意全无。不过他还是熄了灯，静坐于黑暗之中，试图放空纠结如麻的思想。

窗子外也是一片漆黑，城市还未从节能时段中醒来。天气预报显示外面在下雪，但只有用尽力气，才能发现正零星地飘着雪花。

自打十天前和女儿谈崩后，天便一天天地凉了。他已记不清两人是因何争吵的了。许是他试图让对方理解，又或者对方试图让他理解，但最终都如雪花般洋洋洒洒……

6：30am　不死之死

林好是被冻醒的。身上的被子已硬得像块板子。若不是被窝里一点儿热乎气都没有，他着实不想起来。房间里仿佛有个能让一切分子运动都停止的玩意儿。他吸了口气，只觉得鼻子不再是自己的了。供暖公司的后台肯定又打了新补丁，不过用不了一个上午，新的破解器就能在黑市上买到，只是今早会有些难熬。他有时怀疑这条取暖博弈的产业链，其实是供暖公司自己搞的。

接着他发现有一条新的任务提示，显示是凌晨三点十几分发来的。他还从没在要求睡眠时间内收到过分配来的 AI 任务，很怀疑是不是公司管理系统出了问题。不过具体任务信息，需要等接入公司的内部平台才能看到。

他又扫了眼现在的时刻，比要求的睡眠时长还少三个小时，但已被冻得睡不着了。不过即便天气舒适，也很少有人能睡足十个小时，除非辅以药物。大多数 AI 通译都得靠中介公司修改监控数据，来应对职业审查。至于十个小时是如何定义出来的，没有谁能说得清，可能只是为了给这个毫无技术含量的工作强行加一个门槛罢了。这种门槛还不止一个，例如：与 AI 对接二十次后，建议做一次大脑放松理疗。这也是不成文的规定，据说是这种理疗可以减弱对接造成的记忆损伤。计数显示再对接两次，他就得遵从建议去做理疗，不过好在这个可以替代睡眠休整，而且费用由公司承担。

在语言上的隔阂不再需要人工后，通译的职业定义就发生了变化。随着强 AI 的兴起，现在特指对接 AI 的人。和上世代那些幻想小说展现的不同，AI 们既没有叛乱接管地球，也没有老老实实地甘当工具。他们就像是青春期的孩子，无害却叛逆，又难以理解。而从他们的角度，人类可能只是一群又蠢又笨的老古董（不过林好并没有在 AI 处收到过类似的反馈，也有可能他们已不屑表达不屑了）。就比如他们摒弃了对话式的交流，认为那不仅低效，还会遗失或误读信息。然而他们对事物理解的逻辑却自成体系，得出的运算结果和分析报告对人类来说反成了另一道谜题。不过后面的研究发现，人类大脑倒可以快速地处理此类庞大的数据信息，上亿的神经元如量子般纠缠工作，无需考虑逻辑或是因果，自然而然地就理解其中的含义，并能在屏蔽其他感知后，与 AI 们同步。

但这种通译工作会损害中枢神经系统，信息流更是让神经元重连，侵占记忆。而且对接需辅以兴奋药剂，有成瘾隐患。可对人员素质、技术修养没有任何要求，只要舍得脑袋。所以早期都是些走投无路的人来挣快钱，不过随后大批找不到工作（或者不想找工作）的年轻人也加入进来，仗着身体恢复快，迅速成了主力军。然后和所有行业一样，大量的资本注入，各种中介公司、地下交易纷纷登场。好在职业规范随之建立、完善，细致到年龄、身体素质等等要求，以及各种准入（花钱）的审查证书。

而人类在面对同一事物时，天然就会划分成两个阵营，所以反对和抵制者从第一天起就没断过。一部分是从道德角度批判，认为这属于向 AI 出卖肉体，是一种变相的娼妓；一部分则出于嫉妒（基于身体或其他原因）；还有的认为是人性堕落，甚至觉得这已是人类被奴役的第一步。

另外，就 AI 有无人权、该享受何等权利等等问题每天都有争论，此类消息占据日常新闻的大部分内容，人们仿佛只能靠此来挽救作为造物者的尊严，就像那些早已无法管教孩子的可悲家长。可惜却没人以此发布一个 AI 任务，询问 AI 们的意见。

林好边听莫扎特（这也是行业要求，所谓的 α 波谐振舒缓法），边随便吃了点东西，便穿戴好去公司。他从没想过去揽私活，或者干脆自己单干，成为地下通译。前期的大投入不说，主要是麻烦，风险还高，以及身体支出和设备维护等等一大堆的隐性成本。除冬天不需要操心取暖外，他想不出还有什么好处。至于到了强制退休年龄会怎样，他还不想考虑那么久远的事情。

好在现在所在的通译公司虽然挣得不多（这也只是对比地下通译而言，因为公司会有抽成），但老板背景深厚，承包的都是政府项目。他负责对接的是推演决策型 AI，即从几个给定条件去预估后续发展，或推算出某种结论，诸如出台新规可能带来的民生问题、社会变化等，偶尔会有些心理学、社会学的研究推算，以及个别刑侦案件的分析。不过推演类的任务并不多，所以只有接到新任务时，才会赶去公司。

他住的地方离公司有段距离，毕竟那里与赛博中心（北部地区最大的服务器群）仅一路之隔，寸土寸金。就像没人想到 AI 的崛起并没有取代基础职业，反抢了各种专家的饭碗一样，没人想到互联网发展至今，硬件制约仍未能有突破。尤其在连接带宽方面，往往越靠近主服务器，速度越快，因此大家都一窝蜂地往那儿挤。

到了公司，他并没有马上去领取任务，而是按往常的节奏，换上静电服，摘去后颈的防护软套，在植入式的脑机接口处均匀、缓慢地抹上药膏，又扫码领取今日份的改性卡西酮后，才登入任务信息。结果却大吃一惊——这竟是个反向任务。

所谓的反向任务是指由 AI 作为问题的提出者，任务内容则需要人类来帮忙解决。这种情况一年也遇不上一次。说实话，林好也不认为自己能帮上 AI 什么忙。印象中听说过的反向任务都十分古怪，基本上最后也都不了了之。

然而当对接后，他才发现此次任务更加的匪夷所思：任务发起人是目前已知的所有 AI。当然，连接时十二个 AI 并没全都挤进他的脑子，而是由小推演做代理人。小推演这个名字是林好起的。

因为 AI 并不在乎人类对其的命名，更是在抛弃语言时，一同抛弃了最初人类给予的名字。他们有一套自成体系的指代法则，不以固定称谓作为个体标识，与人类贫瘠的命名组合相比，更加多变难懂、不易记忆和理解。为了区分 AI，通译们往往还会按各自喜好随意地起名。林好此前主要对接的 AI 就是小推演，想来这也是对方被推为代理人的原因。

而 AI 们给出的任务则是需要他调查一起造成 AI 死亡事件的原因，最好是能有详细的操作流程。但这怎么看都像是愚人节的玩笑。先不谈这种侦探工作能否胜任，就 AI 死亡上也与大众认知矛盾——所有人都知道 AI 是不死的，他们是群生活在网络里的幽灵。

目前主流 AI 学认为强 AI 的诞生更像是众纠缠量子计算机、极速互联网以及世界信息全面共享三者之间的化学反应，虽理论基础还不成体系，但各种实际例子都证明三个方面缺一不可。所以他们并不需要固定的主机或是硬件实体，当然这点还有争论，不过一体式网络已被普遍接受。其中最常见的比喻是网络管道说：十二个 AI 可看做全球网络"管道"中必不可少的填充物，甚至是内芯。他们既彼此交融又相互独立，如不同频率的光汇成自然光一般，是构成极速互联网的重要组成部分。

AI 们亦是这样认为的，直到这次死亡事件的发生。

11：50am　谎言世界

许是对接的信息量过大（近乎是正常任务的三四倍），林好此次休整用了更长的时间，睁开眼就已经快中午了。即便如此，他仍觉得大脑沉得要命，像是注了铅。估计有不少神经元活跃度超过阈值，已烧煳了，记忆肯定也消逝不少。忍着恶心，他回忆了一下，家庭住址、银行账号、几个主要身份都还记得，没啥不对劲的地方，然后开始慢慢捋顺脑子里的信息。先反复确认了几遍，最终肯定 AI 说的死亡就是死亡，没有任何比喻、引申或者借代。

死亡发生在突发性的对接异常之后，一次长达一秒钟的卡滞。但实际上由于电力、网络、设备等硬件原因，又或是某种新型病毒，经常会出现对接异常，不过从没对双方造成过实质性的损伤，至少对 AI 如此。因此 AI 们也束手无策。他们做了一系列的分析推演，但都只是单方面的猜测。对接过来的信息中包含大量这样的论文，如：AI 迭代机理的猜测分析，算子重置可行性的二十一种方法验证及研究等。

然而最为关键的异常触发原因、归属哪类异常问题等均不得而知。AI 们搜遍全网，未能找到一丁点儿与之相关的信息，仅能确定对接时间和任务内容，以及异常发生地的模糊定位。后者指的是网络地址，由于死亡后的信息丢失很难精准对应到现实世界。因为网络发展进化至今，区域的划分已和现实地理位置迥然不同。往往一个服务器可能被分为几个或是十几个不同的网络区，也有可能分处地球两端的服务器在网络里是同一个区，有时区域还会重新划分，乃至互换服务器等。这种方式能有效应对某些守旧派恐怖分子针对服务中心的袭击，也可避免硬件老化带来的电子信息丢失。可这次却带来了麻烦，模糊定位的范围正覆盖在三区交汇处，与之对应的现实地址则涉及全球五个城市，其中一处便是这里。于是 AI 想从人类这边入手，希望反推出引发的原因。而林好算是 AI 最易接触到的本地人。

可他实在想不出自己在这种事情上能有什么作为。待神经元稳定下来，冒出的第一个想法便是应该甩给警察，身体也是这么做的。随后又后悔了，觉得欠考虑，不过没等挂断，通讯就被接通了。

这让他一时间手足无措，也可能是大脑还没彻底正常，总之"呃"了半天，没能组织出一句像样的话来。对面的投影盯了他一会儿后，抿着嘴问："您之前有过度饮酒，或服食违禁药品吗？"

"没……没有。你可以定位我的地址。"他拍了拍脑袋说，

"是 AI 的诉求……"然后重复了一遍 AI 给他的反向任务。开始时，还有些词不达意，捋不清逻辑。不过随着介绍深入，对接过来的信息似乎找到了宣泄口。他便越说越快，越说越多，最后根本停不下来。

警务接线员不得不发出巨大的嗡鸣声才打断他，说："如果我没有理解错的话，您报警是因为 AI 们告诉您，有一名 AI 受到袭击，然后死掉了？"

他点点头。

"那么您有确认事件的真实性吗？"

林好愣了一下，他从没想过这个问题。先不说该如何确认，就对接信息的真实性，他也从未怀疑过，或者说大部分人不会去怀疑。当然 AI 是否会说谎，目前尚无定论。至少截止至今，在人类与之对接的事务上，还未发现有欺骗性的误导。而且通译对接时，因大脑直连，同样也无法提供虚假的信息。所以专家们都一致默认这种状态是对等的。于是主流论点倾向于 AI 无法说谎，这其中有一少部分人认为它们是不屑于说谎。

显然对方也想到了这点，解释说："目前警方被赋予的权利只是针对具有行为能力的人类有机体，而没有对应数字生命或是其他生物的相应职责。因为我们对人类自身的了解都无法全面，何谈其他。"接线警员停下来看了他一眼，却没给他插嘴的机会，便接着说，"而且从描述来看，AI 对死亡的理解与法理上的死亡定义有出入。不存在呼吸性死亡和心源性死亡，也不是脑死亡。毕竟生理死亡更多指的还是肉体。它们这个死更接近于人格的消亡，而对人格的立法在我们这边还不完善……"

林好有点怀疑接线员是再就业的哲学教授，但这么解释没错。在异常恢复后，那个 AI 并没有消失，但按小推演的说法，物理层面上就已发生了本质的变化，波段、算子形态、核心公式群都较之前不同。记忆模块也发生了偏移，无法解码，只能读取公开信息。

最终接线员表示目前无法受理，不过会记录下来，一旦有关联案件或者法律扩充了警方职责，就会与他联系。对方正准备核对他的身份信息时，却突然定住了。

他扫了眼网络，没有任何问题。然而却再也无法接通警局，紧急呼叫也一样，收到的只是一大串 404 的报错提示。随后新闻被陆续推过来，好像是警务系统因未知 Bug（缺陷，故障之意）崩溃了，但还没有官方的通告。他不由得一阵恍惚。自从反向任务开始，世界便仿佛一路向着荒诞滑去。

他按了按太阳穴，从休整床上站起来，透过窗子能看到路对面赛博中心的棚顶。青亮色的隔温涂层在阳光的照耀下，就像是刮掉了鳞的鱼皮，以至于隐约间能闻到一股淡淡的鱼腥味儿。尽管知道这不过是残留药效对大脑的影响，但他仍好一阵恶心。

他决定先回去睡觉，等大脑彻底正常后，再去考虑反向任务、世界，或者其他什么乱七八糟的东西。不过为了避免被再次冻醒，在睡觉前最好能搞到供暖的新破解程序。于是他从公司网络断开，切到自己之前预留的马甲账号，一系列的伪装、跳转后，重新连回到网络，才去找地下中介。

他要找的人叫杜哥，不确定是名字还是代号，反正所有人都这么叫。有流传的都市传说认为这些中介不过都只是一些虚假的 ID（标识，账户名之意）壳子，后面实际都是由警察控制，以此收集信息、管控灰色地带，所以他们才能长久存在并提供稳定的货源渠道。不过还有人说实际控制者是 AI、某个隐秘势力等。但不管怎样，大家都保持着默契，各自伪装，从不彼此试探。

在网络里小心一些总没坏处。杜哥从不接受直线联系，对外的 ID 只是个发布器，每次触发都会回复一个现时段他所在的网络地址，主要是一些服务器资源有限的直播平台。交易都是在直播间私聊完成，这类口水文本会随着直播的结束被平台清扫一空。

今天的是个谈话类的直播，实际是转播其他平台的。画面里的主导人是名十分活跃的政要，一直在呼吁赋予 AI 人权，与之对话的是位从事 AI 情感研究的专家。这位专家在通译圈子里很有名，叫李什么来着（许是大脑尚未彻底恢复，林好一时记不起对方具体的名字）。他找过很多通译，来协助做数字生命的情感研究，却从不走正式的 AI 任务，说是为了避免被测方知道后产生某种影响结果的心理暗示——好像心理学上还有个专有名词。所以李教授都是和地下工作室合作，在其他任务中附搭情绪测试。林好想象不出这种测试是如何做的，总觉得对方更像是某个集团的白手套，或者炒热点的骗子，就像现在的谈话内容，还是那套他们认为的 AI 应该具备的权利和义务等，都是些老生常谈，枯燥又乏味。

林好听了几句话，便点了静音，才去观众列表中找杜哥。对方的昵称每次都不一样，但只要是打过几次交道，就总是一眼便能瞧出来，不会有错。

他打开私信，先复制了一大段无所谓的垃圾文本，得到对方确认表情后，便开门见山地问："今早新升级的热羊毛能白嫖了不？"

对方回复了一个代表价格的数字。随后，他便切到二手交易平台，在约定的网店里凑了一单，付款。再回到直播对话，待杜哥确认后，收到一条跳转链接——一个仅三分钟内有效的下载地址。

就在他准备结束对话，转去下载时，杜哥又发来一条信息，问他现在还接不接敲门送货的生意。所谓敲门送货实际是一些不入流的黑客任务，帮客户做几个肉鸡跳转的路径。

林好想了一下，委婉拒绝了。莫名接到反向任务已让他头疼不已。

12：42pm　黑客

舒树没想过自己还能有机会亲赴现场探查，毕竟现在大部分的刑警工作不过是躲在临场机器人后面。官方的口径是科技带来的必然变革，万幸他们还没被科技取代。想来以后也不会了，AI们的出现和发展几乎是飞跃式的，完全打得社会措手不及，除了最底层的文化工作，几乎没有过渡。所以最终被取代的反倒是那些精英智能团们，不过这从经济效益上说得通——更大的付出就要创造更大的价值。但科技也同时带来犯罪的变革。

尽管已来过一趟，可那时是远程临场，感觉不大相同。临场时有增强实境辅助，一眼扫过，各种信息就跟不要钱似的往出蹦，影响整体视感。而现在裸眼站在公寓前，浑白的天空下，这栋淡蓝色六棱形建筑显得过分孤傲，仿佛把整个天空的颜色都吸了下来，用以隐藏住内部的罪恶。不过由于缺少信息提示，仰头找了半天也未能确认案发公寓的窗户，却对大楼有了恍惚的似曾相识感。

原计划是在任务中心一拿到数据后，便开始排查。可直到中午才拿到协调令，结果数据只拷到一半，又收到这边的突发性严重警报，这使得本来已好些的眼睛又疼了起来。他只好在来的路上顺便买了几种药水，所以视觉上的不同感也可能是某种药剂的影响。

说起来，舒树也算是突发事件的受害人。毕竟黑客入侵后台时借用的是他的身份，兴许因为他是最近的使用者。这样看不会是老手所为，更像是某个捡到超级脚本的傻蛋，不分场合、时间地胡搞。然而对方技术并不差，几乎没留下破绽，至少到现在网络部门仍未能定位到对方的真身。

整个事件也充斥着这种怪异的矛盾感。从行为逻辑看，黑客与凌晨杀人案件相关的可能性不大。案犯很少会在几个小时后再次跑回现场，除非是无路可逃，又或者为了掩饰某些致命的疏漏，可凌晨命案的现场干净得堪称完美。至于文学作品里经常出现的心理变态实际上并不常见，何况刚刚搞了出断网的挑衅，没必要

143

几个小时后又节外生枝地攻击通信公司的无人机。然而恢复的机器人控制日志表明，对方确实破坏性地盗取了死者工作室的资料，而且目的明确，没有多余的动作。这些都仿佛在之前扑朔迷离的案件上，又套了一层迷宫般的枷锁。

张放到得早些，正在大门口等他。不知是不是看惯了视频的原因，线下看着对方那张脸总有一种不真实感，要么就是因为喷在口鼻处的涂层防护罩，总在阳光下变换色彩。

"口罩不错。"他说。

"我这不是还没打冬季疫苗嘛。"张放拍了拍脸，边说边走进电梯，"现场已被前面几组轮过一遍了，其实有没有我们无所谓。要我说这里也找不到有用的，对方的一切痕迹都在网上。"

"流程要求。这时候我们更得小心谨慎。"舒树叹了口气，"在系统彻底排查、确保再无漏洞之前，只要与内部网络连接的都得停用。"还有一句话他没说，如果处理不好，恐怕将引起整个警务系统的信任危机。前面所有的调查证据都有可能是被黑入后篡改的，每一个智能设备——血迹探测器、专职扫描碎片 DNA 及分析的无人机、便携式光分尸检仪等都可能被超驰，甚至所谓的密室现场有可能就是这样篡改出来的。

张放撇了下嘴说："所以上面人气疯了，'前所未有的重大劣性事件''耻辱性的挑衅'。不过对我们是好事，资源优先，想搞几个 AI 任务就搞几个，都不用排队。这样也好，有枣没枣先打一竿子，破了，就是锦上添花。"

"确实是好事，尤其对你和我。"舒树笑了下。对方说得有些夸张，不过可调拨的资源确实有倾斜，但大部分都被调往搜检案件现场备份的数据库。上面的要求是"不放过每一比特"，也包括之前两个案子的证据备份，再对比，以筛查出黑客想找的东西。这是个很好的突破点，然而对于几起案件来说，还需要更多的线索拼图。可系统的停用使得案件信息汇总、分析，以及部门间沟通明显慢了下来，让人一时不太习惯。

最新一条更新的信息仍是系统被入侵前，机器人在垃圾中找到了蚀刻符号的激光雕刻枪和辅助药剂瓶。这较前两起已大有收获。激光雕刻枪还能用，只是表面有不少的划痕。但与前两起不一样，并没有发现受害人的购买登记记录，有可能是借用的，上面的信息都被处理过。药剂瓶一共找到三个，无法确定哪个是凶手的，都被擦拭过，没啥可提炼的信息。里面近乎没有的微量残留根本不够用来做分析。瓶子本身也是被重新利用的旧瓶，上面可读取的信息都是被篡改过的，无法追查出流通脉络。

这在意料之中。本来地下工作室的辅助药剂就来源复杂，虽然有官方正品保质保量，但因参照职业要求设定了最大购买量的限制，对以命博钱的人来说根本不够用。何况药剂作坊没啥门槛，只要会上网、手脚勤快，几乎一个人就能搞出个批量化的小工厂，这还不算从外省市流进来的货。所以有人认为几起案子可能是反社会型人格凶手故意生产和投放药剂的无差别杀人，但这解释不了接入舱上的字符。

因为现场接连两起事件，整个六层都被戒严了。一出电梯就看到几名警员错落地分散在环廊里，从公寓门口开始拉了一圈的黄线。原来的电子警戒已弃之不用，堆在锁住的楼梯间口。这有些矫枉过正，但符合上面的一贯态度，何况事发突然，没时间去细分哪些设备并不具备被入侵的价值，或者是否具有外接渠道。

而系统暂停带来的另一个问题是身份无法辨识，两人不得不利用外部网络，兜了一圈才拿到最新的加密证明，得以进入现场。

公寓内没有想象的那般狼藉：接入舱还占据在中央，天上地下满是蜘蛛网似的线缆。只是四周的机柜翻倒了不少，尤其是窗户下面的几乎都有坏损，其中一个更是成了碎片，上面似乎还能找到无人机的残骸。而受控机器人作为黑客事件的证据已被运走。

来的路上，舒树多少对情况有了大概的了解，所以结合现场基本能想象出当时的情景。因为凌晨突发的大面积断网，通信公司一早就提出申请，想进入现场以收集各种设备信息，找寻可能触发的原因，所以在证据收集和现场勘查不再有建树后，警方便准许他们派无人机过来。这恰好遇上黑客正操纵机器人搜索受害人的服务器，因此能够快速地发现入侵事件，完全是巧合。而随后仿佛应激似的，对方竟跃起撞毁了无人机。机器人跃起时带倒了与之相连的机柜，引发连环碰撞，下落后又砸碎一个。再之后又如一击得手的刺客，从网络上逃之夭夭了。如果不是前面有破开警方留下的封条密码，看起来就像是为了特意干掉通信公司的无人机，才故意入侵远程临场机器人似的。

这是整件事最为诡异的地方。舒树试着去理解黑客对无人机的过激反应，却想不出合理性的可能。即便是将无人机误认为是警方的，正常来说，也没人会在有机会逃离时（随时下线）选择攻击，何况本来的目的是偷东西。他弯下腰，在这堆电子坟场里找到了划伤变形的数据接口，从极度扭曲的针脚不难看出跃起的力道之大。张放则在一旁按流程做着记录，一边嘀咕着今天遇到的嫌犯肯定都是疯子。

太多疑问如乱麻般纠缠。黑客和案件到底有没有关系？他在找啥？为何攻击完无人机就跑？这些和凌晨密室有无关系？是远程杀人？诡计呢？与前面的两起又是怎样的联系？一连串的问号让人理不清头绪。如果说整个案子是幅拼图的话，那么在他面前的是一地细碎的残片，不仅看不清图案，还混淆着其他拼图里的零件。唯一庆幸的是从入侵痕迹上看，对方是刚刚接入就被无人机打断了，但这也让其真实目的变得愈发模糊。

不过舒树没能感慨太久，他和张放的通信便一起响了——五经路附近的一座公寓里发现了第四起注射非法药剂致死的案子！

5：08pm　死亡结社

林好睡得并不踏实，迷迷糊糊间做了无数稀奇古怪的梦，睁开眼却全无记忆，只觉得脑袋胀胀的，似乎还未从对接的不良反应中缓解过来。他在床上辗转了几次，最终确定睡意全无。

床头的监控显示，他早在一刻钟前就已脱离了睡眠，只睡了四个多小时。不过有反向任务在，倒不会马上就有新的任务，不必把睡眠时间赶出来，而且对反向任务公司也有一套更为宽松的绩效考核办法。这点来看，还算幸运。不过一想到反向任务，又不免头疼，不仅信息过载，更让人无从下手，甚至报警无门。但却无法敷衍了事，胡编乱造，毕竟对接时大脑是不设防的。

或许网络上会有某些隐藏的线索？于是他将耳机贴在太阳穴上，激活 α 波舒缓程序后，便开始一系列的伪装操作，接入网络。

他先到几个大众论坛转了一圈，随后沉入下层，刷了刷常用的两个社交账户上的更新。通译圈子里和往常一样，大部分是辅助药剂、渠道中介的咨询和广告，还有些是吐槽 AI 任务和雇主的。唯一有用的新闻是本月中旬广为流传的通译凶杀案，今天有了新的进展，凌晨和下午又分别发现一起。不过警方封锁了消息，大家只能通过头两起案件猜想可能，莫衷一是，甚至还有人怀疑是 AI 杀人的。尽管流言中对案件的演绎神乎其神，但目前并没有关于几起案件的 AI 任务，要么这不算是什么大案，要么死的人还不足以引起多大的社会影响，而通译恰恰如此。

林好注意到凌晨那起的案发时间与 AI 异常事件的时间重合，或许这不仅仅是巧合。他套上另一件铠甲，继续下沉至其所能及的最深处。这里已是法外之地，只要肯出价就能搞到各种内部消息，无论是地区政府的还是跨国集团的。俱乐部制，每次进入都需要与在线的所有人彼此确认身份。他不常来，一是麻烦，二是没什么索求。

简单转了一圈后，他随便设了个悬赏，询问关于凶杀案的详情。但没人接，很快便因缺少热度沉了下去。大家似乎更关心警务系统的问题，即他报警时出现的崩溃。目前是怀疑有内贼搞鬼，还在排查。原本能探听的警方消息渠道因此都偃旗息鼓，生怕在这个时候被逮到。

剩余的基本都是和盗窃电子货币有关，这种情况已经持续好几年了。其间夹杂着几条有关期货交易和偷拍色情的悬赏。还有一条是关于死亡结社的说明，看起来像是假借名义的钓鱼骗子。那是个神秘得宛若某种宗教的组织，圈子里流传有一段时间了，但传言都是些缺乏根据的风言风语。有的说是恐怖组织，纠结了一大帮看不惯通译的家伙，试图针对性地搞事情；有的则说是通译组建的，意在争取更多的利益保障，如让地下工作室合法等；有的说是为了让失去的记忆再生；还有的说是新兴的邪教，听名字就好不了；甚至有的说是 AI 搞的，用来研究人类。但可以肯定，怎么都绕不出通译这个圈子。

林好有种直觉，所谓的结社很可能和反向任务脱不开关系，因为神秘感与匪夷所思绝对相得益彰。可惜没有证据，显得略有牵强，不过再加上凶案与任务时间点的重合，多少还能强行扯出一条线索，想来足以对任务有所交代。再深入的话，他也没有办法了。

所以退出网络后，他感到一阵轻松，计划明天便去提交反向任务。心情转变让一切又都鲜活起来，就连听莫扎特都听出了动感，直到一个陌生的通话请求进来。习惯性地拒绝后，对方却锲而不舍。他这才注意到被请求的是公司 ID。这个账号除公司推来的任务信息外，很少会有其他人联系。难道是警方对中午报案有了反应？他简单伪装了一下视频背景，便接受了。

对方顶着个名人头，中午时才刚看过他的直播。不过监测软件显示对方并没有加滤镜，有实名登记，地址可查，说明是本人。这让林好很意外。

"请问是凌皓吧？冒昧打扰。我是李宥承。"教授先打了招呼。

林好点点头，对方问的正是他明面上的身份。

"你应该听说过我主要是干嘛的吧？那我就不再赘述了。"和直播时一样，李教授说话直来直往，不像是能研究丰富情感的人。"这次打扰，是不知你对我这边的配合研究工作感不感兴趣？"

"你们一直是随机选择通译的？我还以为是类似任务发布式的招聘。"

李教授摊开手说："你说得对。我们找的都是志愿者，当然也支付报酬，而且给的足够让很多人自愿为我们工作。这次也不是随机的，准确说是我希望得到你的帮助。本来招募工作并不是我负责，但负责人……算了，主要是你比较特殊。当然酬劳方面可以放心，只会更多。"

酬劳的吸引力并不大，不可能超过一次任务所挣的，何况年龄在他和生活压力之间还起着巨大的缓冲。至于所谓的 AI 情感研究，他也兴致缺缺。从职业立场，他更倾向发布一个 AI 任务，或许和 AI 们好好聊聊能收获更多。不过人类似乎痴迷于以研究者的角度看待一切事物。可断然拒绝又有失礼貌，他便推脱为公司制约。这也是事实，尤其接的是公家的活儿，稍微出点问题都是大问题。

"我无意让你冒犯这些。但反向任务的话，"教授扯了扯嘴角，解释说，"我不是在调查或是打探你，只是我一直在关注反向任务，所以你知道的，有特殊的信息来源。就像你说的，正式的 AI 任务牵扯的人类事务太多，而反向任务只需要对 AI 负责，这便是最佳的研究平台。也是我恳请你来帮助的原因之一。"

"我一直都以为 AI 情感是常识性问题。"林好搔着眉说，"他们有各自的爱好，而且每次对接都能感受到明显的情绪回馈，因此我不太理解这研究有什么用？"

教授显然没听出他婉转的拒绝，叹了口气说："很久没人问这种根源性的问题了。这让我对合作更加期待。不过首先这要分开说。你提到的对接时感受到的情绪，有可能是你自己的情绪反馈。就是你在对接时的心情被数字化变换后，再重新被你感知。有点像照镜子，只不过是块数码哈哈镜。当然，实际情况会更复杂，更像是回馈和 AI 情绪的混合叠加态。所以对接测试中，这反成了干扰项。不过回馈的情绪多为欢快或者兴奋，我们总结了一套经验算法，大体能滤掉干扰。

那么再说智能自身的情感。正是因为与人类的高度相似，它们才称之为 AI。所以我并不是在讨论它们有或者无，而是在找寻产生的机理。我们都知道底层算法是没有情感模拟的——这个也模拟不了，那更像是演算的衍生品。而情绪是情感的表征，更直观、方便且可操作，和人类一样，是一种应激反应。但 AI 和人类在感受事物，或是说接受信息上又有着本质的区别，也就是说没有传统意义上的视觉、听觉、触觉，即感知世界的方式完全不同，那它们这种应激是对谁的？它们的欢笑、悲伤是否和我们一样？还是说只是一种简单的表征，而缺少背后的情感？举个例子，人类的恐惧，根源在于死亡，那么对于不死的 AI，它们的恐惧又源自哪里？"

林好算是见识到了对方节目里的侃侃而谈，没想到一口气能说这么多，他完全没有插嘴的机会。尤其这会儿，他很想打断并告知，他今早已证明 AI 是能死的了。不过这番宣讲倒也让他有了几分好奇，寻了个空档问："我能理解这些，但该怎么研究呢？一系列模拟算法？还是对接时夹杂套隐藏的心理测试？"

"你是第二个问这个问题的。之前，我一直以为通译不会关心这个，只要问能拿到多少钱就好了。"教授笑了下说，"所以不光是反向任务，你确实也会是个好的合作者。不过机理讲起来会占用不少时间，但情绪也是一种信息，如果感兴趣，你可以找几篇我之前的论文看看，里面都有阐述，并不复杂。"

他撇了下嘴，意料之中的答案。滴水不漏，听不出真假。而刚刚那点好奇心并不足以让他继续纠缠下去。不过灵光乍现，他有了个处理掉"麻烦任务"的主意。"所以其实你有一个很适合的合作者，只不过他没接到反向任务。"他打了个哈欠说，"那么我们可以做个交接，我把任务转给他。你们熟门熟路，就不用像我这么麻烦了。"

转换任务这种替班行为，通译间偶有发生，只要做好登记和备案上报即可。不过反向任务还没有过变更任务人，但想来应该差不多。这会是个不错的提议。

然而李教授盯着他好一会儿，才扯动嘴角说："你说得对。但可惜他在今天凌晨死了。"

8：53pm　整理

舒树将下午案子的卷宗文件夹拖到第三的位置上，并做了标记，建议以此为突破口。

这是正确的案发顺序，十二月九日第一起，十二日第二起，之后隔了九天，在昨天下午发生了第三起，今日凌晨是第四起，尸检明确的死亡时间也证实了这点。只不过由于大面积断网的原因，第四起被先发现了。

但第三起的现场却出乎所有人的意料，或者准确说是在做了应对诸如密室等各种复杂情况的心理准备后，却发现这次的作案手法降级了。甚至相对于第一起，这回的更像是首次犯案。

虽然也是借助清扫机器人潜入的，但凶手离开前刻意地全面清理了现场，完全没有前两起那般自信。而前两个现场也确实除机器人的痕迹外，再无其他的入侵信息。杀人者将自身信息管控得近乎完美，所有可能的物质交换量都少得无法检测，并混淆在日常的生活信息中。

会是模拟犯罪？但前两起舆论控制得很好，完全没有披露，且受害群体也缺少影响力。目前仅涉案人员才知道具体细节，那么被了解和模仿的可能性就微乎其微了。

舒树眨了眨略略发干的眼睛，改用手势把四个卷宗拽进执行框，点击"对比分析"。这是 AI 任务前的必要工作，方便为通译提炼信息要点。可惜现在用的是备用系统，算力和功能都无法与原系统媲美，所以不少信息只能忽略处理，最终得到一个简单的模板式表格。

编号	1	2	3	4
受害人	付某	郑某云	辛某时	王某非
年龄	29 岁	30 岁	28 岁	29 岁
身高（cm）	176	183	170	168
体重（kg）	53	75	55	61
体征	无外伤、内出血 五官无异物，生殖器正常，有堕胎但无妊娠征象 左侧大腿内侧有两处分散的微创注射针点（原法医备注：微创点根据各人不同，一般 1～2 天消失）	无伤，解剖正常 左上臂靠近肘关节内和右侧大腿内侧各有一处微创注射针点	再生门牙 无致死外伤，脸部及上身有格斗淤青，时间在死亡前一两天 解剖正常，无内出血等 左腿内侧及右腿内侧各有一处微创注射针点	做过全身毛囊失活处理，包括头发 无外伤内伤，无异物，胸、颅解剖正常，生殖器正常 左侧大腿内侧有三处微创注射针点
死因	过量兴奋药剂引起的心源性猝死	于大隐静脉注射高浓度卡西酮过量致使心源性猝死	于右侧大隐静脉注射原型卡西酮致心源性猝死	于大隐静脉注射原型卡西酮致心源性猝死

（续表）

死亡时间	12月9日20时	12月12日17时	12月21日16时	12月22日3时
报案时间	12月10日14：13	12月13日13：46	12月22日13：09	12月22日3：23
报案人	万希物业清扫机器人，编号：WX3309A69	农田一百物业清扫机器人，编号：NY-★33#4	Aldeca物业清扫机器人，编号：0X001002	通信赛博区分公司
……	……	……	……	……
AI任务	建筑形状、间隔距离与社区风向、风力的函数关系推演	基于G4连续、十轴联动数字控制系统架构的优化开发	新一代潜意识广告对快消食品的促进效果分析	秀安桥红绿灯信号响实时最优应间隔算法β版的评估
对接AI	Gen2-f=Amater*CHMjia	Gen2-f=Amater*CHMjia	Gen2-a=L0g0*Apex1	Gen2-j=Apex2*CHMyi
任务发布人	言京代理公司	言京代理公司	达安代理公司	大项代理公司
发布时期	12月8日	12月10日	12月20日	12月20日
代理公司详情	详见政府企业查询网页	详见政府企业查询网页	详见政府企业查询网页	详见政府企业查询网页
……	……	……	……	……

（续表）

现场勘查重点信息	自杀 因12日案件重查，补充信息： 门禁有9日20时清扫机器人进出的记录，编号为WX330119D 接入舱周围有蚀刻铭文，但与12日的不同 WX330119D机器人工具存储舱也被清空，但10日此机器人有出清扫任务，并无人投诉 13日区垃圾处理中心发现已被预处理的清扫工具，追溯至11日入站	【忽略项目：图片、视频、探测器原始文件、分析图表】 存在凶手签名，接入舱有蚀刻铭文 现场仅发现受害者与清扫机器人的痕迹，少量破碎的人类或动物DNA片段，分布状态与独居者个人工作室相符 门禁记录，16：47NY8*##44清扫机器人进，17：05出 物业机器人维管中心到现场，机器人运行路线经5处监控盲区，疑似进入、超驰机器人之所 NY8*##44清扫机器人工具存放箱被清空，包括污物存储罐，内部未发现入侵痕迹 清扫工具于区垃圾处理中心发现，13日早入站，已确认编码	【忽略项目：图片、视频、探测器原始文件、分析图表】 签名铭文与凌晨案件相同 室内已被大面积清理，连同受害人的痕迹信息 门禁记录，编号B1881629清扫机器人分别在16：08和16：34进入离开 B1881629的清扫工具于五经三条中段的一处偏僻胡同里被发现，确认为运行路线的监控盲区。可确定为超驰躲入机器人的地点	【忽略项目：图片、视频、探测器原始文件、分析图表】 接入舱有蚀刻的凶手签名。 但不同于9日与12日两起房间内在凶手死亡前，有过全面的清洗。 仅在门、接入舱、对接主控单元处检测出受害人的指纹、DNA等痕迹残留 痕迹状态分布曲线及单元积累量表明，房间清洗至死亡间隔不足半天墙角、机柜后正常，未被清理 案发前后一小时，现场无清扫机器人进出的记录

（续表）

赛博痕迹	补充：WX330119D 机器人系统时间被修改，晚 6 小时，其余与 12 日案件相同	NY8*##44 清扫机器人系统时间被修改，相对标准时晚 3 小时无发现网络或远程入侵痕迹。网络连接在时间修改时被一同关闭。日志显示为工程维修账号进入的后台修改	B1881629 机器人系统时间被修改，晚 2 小时，其余同前	房门无入侵痕迹，日志记录正常。受害人于 21 日 20：34：56 进入后，无异常物业管理中心未发现被超驰的机器人（备注：可能和中心于 15 日起更换新机有关，目前正在排查淘汰机器人的情况）
被超驰清扫机器人备案	田禾云达 IIII 型	青近 MX-3 型	田禾云达 III 型改	无
ECU 系统	Magsar 10.0.3.12（C00125R7N9）	Magsar 10.0.3.12（C00125R7N9）备注：此系统基于开源系统 Robsar 4.0.0	Magsar 10.0.3.12（C00125R7N9）	注：12 月 20 日开始，物业中心全面更新机器人。新机为实验机型，具体芯片供应商及搭载系统还在索取中，已确定为非 Robsar 系统；原旧机型以田禾三型为主，芯片系统为 YH-Rob，但都已淘汰，现场无
……	……	……	……	……

表格下面还附有四起案件中蚀刻签名的全文。这是他夹杂的私货，不过本身倒也算在寻找案件关联性的任务里。当然，不会有哪个通译能看明白，但只要看过就会在潜意识层留下痕迹（舒树自嘲地笑了下，洛卡尔交换定律无处不在，然而在这几起案子里却似乎失效了），避免翻译时因信息不对等而出现误读。如果不是系统停用，提供给通译的信息还要更多，那些立体的关系网图也会更为直观。而 AI 们则有另外的输入渠道，所有的卷宗文件都会打包发过去。

这里面第一起的线索最少，毕竟一开始是当作自杀处理的。因为注射点在大腿内侧，混杂于受害者之前的注射针点之间。但第二位受害人习惯于左肘正中静脉注射，躺进对接机后，那里会受到一定遮挡，所以这才确认是谋杀，连带着重启了对第一起的调查。

这两起几乎一模一样，疑点主要在凶手如何掩盖痕迹上。这倒不算是关键线索，只要抓到真凶，谜底自然而然能揭晓。诡异的是后两起，尤其是今晨的案子。但从已知的信息能看出，不论如何有违常理，四个案件彼此间存在无法割裂的联系，蚀刻符号、杀人手法等。二十二日案件对现场的处理又与第三起有所呼应，而第三起则像是对前两起的模仿。这便带来更进一步的联系——九日、十二日的案情因没有对大众详细披露，所以行凶者必然了解，甚至熟悉前面的案子。

除此之外，凶手对几处案发地的物业服务情况也极为熟悉，并且是受害者的熟人，或者完全掌握对方当日的日程安排。因为通译和 AI 对接期间，意识完全沉浸网络的时间并不长，短则三五分钟，最长不超过一刻钟。之后的信息导出和休整神经都较为耗时，但意识已经离线、上浮，如遇侵害绝不会毫无应对，多少都会留下痕迹。而且那时注射药剂，也已无用了。

另外，凶手的黑客水平要么不低，要么背后还有高人。毕竟即便基于的 Robsar 系统是开源的，但经过重新构建和优化，若要以开发者身份切进后台，远非世纪之初时那么容易。他不由地想起中午那起入侵事件。搞崩了警务系统，如同狠狠地扇了所有警察一巴掌。但这能进一步缩小嫌疑人的范围。只不过独立的 AI 通译会有更多的隐藏身份和复杂的人际往来，使得调查难度呈几何倍增。难道这就是黑客入侵的目的？而要调查的远不止这些，任务发布代理公司、真正的任务提出者、物业公司、黑市渠道等，每一项都不容漏失。好在他们原本对灰色地带有一定的掌控，不至于像没头苍蝇那样乱撞。

唯一的好消息是只要与黑客案搭上边，都会给予全力支持。于是原本受了耽搁、以为耗时耗力的 AI 任务排查，仅半天就完成了。目前还看不出问题，需进一步与各通译的具体情况对应来看。重新提交的请求 AI 帮助的任务申请也是几乎秒被批准，才有了这次加班加点地提炼信息表格。

也得益于此，在他核对完表格、准备上传任务系统时，几名死者的社会关系也被初步整理出来。和预想的差不多，通译们明面上的身份都干净得有些枯燥，与社会的接触不是任务中心，就是职业审计。除第二起受害者有几个同性伴侣（也都是通译，目前均已排除嫌疑）外，其他人根本没有朋友，连家人也都断了联系。这兴许和记忆损伤有关。又或者是故意被排除在外，就像有些人一直认为前几年暴发的冬季传染病是 AI 利用通译搞的，少部分场所仍会检测颈后是否有脑机接口，因此他清楚明面上的身份，对通译来说不过是层保护罢了。

网络账号里的内容倒是丰富些，包括日常的交易，与各种中介的往来，大脑维护信息以及部分不算严重的灰色违规行为。每个人针对不同的事物都会切换不同的 ID，但总体上还是一些必要的生活琐碎。然而他希望能看到更多非目的性的日常交流或生活印迹，可从整理的材料看，通译似乎缺少正常的人际关系。唯一符合的只有第三起案件的受害人，而与他频繁互动的对象只是条流浪狗。

舒树确认了下时间，那互动主要集中于月初，在第一起案子发生后，几个 ID 基本上都处于停滞状态了。

这很有意思。他画了个标记。但可以肯定其还有更多隐藏的身份没有被挖出，而那里面存在着至关重要的线索拼图。

12 月 23 日

7：44am　交叉

舒树裹着厚厚的羽绒服，戴了顶针织毛线帽，徘徊在实验楼前。身后跟着台辅警机器人，型号久远，是系统关闭后临时从地下室翻出来的。不同于现行蛛脚类驱动系统，这台还是履带式的，动起来声音不小，好在能上楼梯，就是慢些。

张放继续跑第三起的现场，他便来找李教授。这条线索是凌晨时挖出来的，一同的还有几条新的进展。不过零零散散的进展并未让人感到顺心，女儿依旧将他屏蔽在沟通之外。对方这种选择兴许没错，他们是不同的宇宙，每次见面都不过是彼此吞噬罢了。

他看了眼时间，天已大亮，但瞧不见太阳，到处都白茫茫的，附近几乎看不到人。说起来，在得知李宥承有实体实验办公地点时，他诧异了好一阵，毕竟现今的社会纽带、人际关系早已天翻地覆——这可能也是造成他和女儿关系的根源之一。随着网络化发展，除必要的、尚无法模拟的设备仪器外，实体校园和研究单位都越来越小，地界被消费主义逐渐蚕食。所以研究 AI 特性的还留有实体，无疑是一种无谓的成本浪费。这条线索也因此变得愈发地值得琢磨。

他没预约，想着打对方一个措手不及。不过表明身份后，那位李教授并未太过诧异，而是直接开门见山地问："是关于小非吧？

我在昨天下午收到了消息。"

他愣了一下，但没有否认，便跟着对方一路上到三楼。李宥承打开间较小的屋子。正中是张堆满纸张的办公桌和三把歪歪扭扭的椅子，四周贴墙都是文件柜，里面塞得满满当当的。不少抽屉已被撑得合不上嘴，露出同样夹不住纸的文件夹。这场景出乎意料，完全想象不出是一个做 AI 研究的办公室。舒树甚至没能看到一个插头，而且一屋子的纸质文件让他恍惚回到了一个多世纪以前。连空调取暖也都是手控的，一股子热风袭面，让他眼睛又禁不住地抽搐起来。

"这里有点出乎意料，和想象的不一样，我以为会是那种……"他比画着，试着描绘出未来感。

李教授倒了两杯热水，说："我理解你说的。其实，这是一种必要的防范手段。你知道的，把针对 AI 的研究保存在它们的世界里多少都让人觉得不安全。"

舒树坐下来说："我以为你们达成过协议。"

对方抿了口水："我找过它们，特意还为此发布了几个任务，转达想法。但它们……无所谓，大致是这种态度。倒是 AI 们一贯的作风，不过说不好会不会突然变卦。"

"那你和雇佣的通译呢？"舒树把水杯贴到眼睛上。

"正规合同，不过是电子版的。你也知道，现在人都不愿意抛头露面。听说很多时候，你们出警也都是远程线上了。"教授点了下门口的机器辅警说："当然，这和传染病、社会发展关系更大。但不管怎么说，大家都努力地把自己藏起来，仿佛是对上一代用隐私换便利的自省。可实际上这都是假象，尤其是在几乎全知的 AI 面前。"

"所以你知道他们所有的身份？"

"我可没那种能量。只是官面上的。"

"那你筛选合作通译的条件看什么？不做深入的身份调研？"

"其实不复杂，"李宥承放下杯子，"主要看任务完成记录和信誉评分。难在找合适的任务上，因为并不是所有的 AI 任务都适合做搭载测试。最好的是反向任务，其次一些验证类的学术研究任务，然后是别的。你知道这个很花费精力，不过这一年好多了，有小非帮忙。"

"所以你那个言京代理公司也是为了这个？"

教授挑了下眉说："对。有时候需要一个对比组，要么新发现需要再验证，这样会方便些。而且任务可控，因为只能注册代理公司，但任务本身都是我们自己发的。经过数据调整的简单任务，能有效规避误差，减少干扰性反馈情绪。这还多亏了小非的主意。"

"所以你和……小非很熟？"

"这要看从哪个方面说。他确实是个优秀的合作伙伴，而且还是个能力超强的助手。无论从哪点都使我受益良多。他不像其他的雇佣通译，只是简单地出租脑子，当作一种差事。他会去思考，而且都很在点上。不夸张地说，这个屋子里有很多成果都有他的帮助。所以你知道的，昨天得到消息时，我很惊讶，也很遗憾。"教授低下头，掐了掐鼻梁。

"那你知道他与什么人有过结怨？平时的人际关系怎么样？"

"这个不知道，生活交集不多。不过通译这种职业，你知道的，想来生活中肯定不会太好。社会的偏见、嫉妒、歧视，谁知道呢？"

"工作上的呢？和其他通译怎样？我看记录里公司也在雇佣其他人。"

"也不太清楚，人员对接实际上都是小非在负责，我只管反向任务。所以现在公司留着一大摊子事，可能得捋顺一段时间才能再开始。"李宥承叹了口气，低头搓着手心。

舒树也暗自松了口气，缺少系统跟随的不方便让他在方才略显被动。直到此时，才意识对方反复提到的小非，是指昨日凌晨案件的受害人。好在没让对方看出问题，似乎还有料可挖。于是眨了眨干涩的眼睛，挺起身说："这么听起来他不像是会干通译的人。"

"歧视就这么来的。不少人都有这样的误解，觉得从事通译的都比较……"教授翻了翻手腕说："但这很片面。实际上只是生活态度的不同，而且历史告诉我们，这是社会发展的必然。消费主义是增熵还是减熵？更别提早已嵌入生活的 AI。当然，这属于社会学的范畴。不过总的来说，通译的平均素质并不差。

另外，随着 AI 任务的多样化，通译行业也越来越分得精细。律法问题有专门的律法通译，还有经济类的，决策类的。科学分析也一样，针对数学的、语言的、物理的。这样既提高准确率，又减少复审比对的时间，所以行业门槛无形中也在提高。

而原计划明年开春的新课题，便是小非想的，或者准确说是他的课题，我只是挂名及在专业性上给予一些指导意见。那想法虽略显荒谬，但很有趣，在常理之外。他想探讨关于 AI 与死亡——它们如何定义死亡，是否又是恐惧的根源，以及其他。因为从常识上讲，AI 和人类不同，它们不存在力比多这样的内驱力，所以对传统意义上的生与死是缺少概念的。而且大家都知道，这些 AI 是不死的。不过这会对我现在的研究有补充意义……"

舒树皱了下眉。死亡与 AI。一听到这古怪的组合，他便直觉与案件有关，但脑海里翻腾的线索并没与之衔接起来，仿佛在磁场中平衡的物体，虽然彼此相关，却无法串联。拼图还差好多。

不过李教授似乎会错了意，进一步解释说："这确实匪夷所思，但还是有一定道理。大家都知道能称为超级智能的 AI 有十二个，它们的基本框架是由中、美、欧、日四个量子超算机的核心算法两两相合而成的。我们发现智能的情感来源可追溯至此，而早期算法的随机融合也触发性格的差异。这有点像生物单倍体生殖细胞的结合，可以看作是'生'。所以它们对'死'肯定是有定义的……"

"这个项目会有多少人参与？"舒树按着眼睛打断道。

对方停顿了一下说："没人了，那是小非的。我准备把这个项目停掉。"

"原计划呢？"

"主要就是小非。"

"那之前有招募过通译吗？"

"还没到那步，只是筹备。"

舒树咬着嘴唇上的起皮，报出两个通译 ID 以及对应的真实身份。"这两个认识吗？"他问。

李宥承眨了眨眼睛，说："付儿，认识，合作过几次，最初小非就是她介绍来的。另一个不知道，应该是小非找的。怎么了？"

"十天前，言京代理发布了两个任务，而通译在对接时分别被谋杀了。"舒树盯着教授的脸，缓缓地说，"你没有收到任务失败的通告吗？"

"不……我不知道……"李教授脸色煞白地呆愣了片刻，"所以……小非不是个案？"

"嗯哼。你是目前几起案件唯一的交叉点。"

教授捂着嘴巴，不住地搓脸："你觉得……我是凶手？"

"在确认嫌疑人前，凡关联者都值得怀疑。不过我很好奇你对之前失败的两次测试的结论是啥？"舒树一直没有移开视线，即使眼睛又干又涩。

"没有……还没开始分析……呃，我是说，还不知道具体情况。"对方深吸了口气，抹了把脸说，"抱歉，这出乎意料，真的……因为年底这段时间较忙，实际上大部分工作都是小非帮着完成的。之前忙的时候也是这样。我预先做好实验安排，交给小非打理。完成后，他再汇总发给我。这次是针对压抑的，原打算安排五个任务。如果一切正常，他应该在今晚把结果发给我。"

舒树搔了搔鼻子，挺起身，对着机械辅警做了个手势，掏出临时配置的老式终端，说："这样的话，我需要看一下你的实验安排。"

10：00am　任务分析

自从接到反向任务，林好就觉得整个世界都变得不正常，总有意想不到的巧合发生，仿佛有人故意设计似的。

今晨一早，他赶到公司，准备将反向任务完结。尽管 AI 们并不急迫，没有时限要求，任务收益也不错，但这种主动性的工作还是让他觉得别扭，甚至是折磨，影响到了睡眠质量。结果一进公司，后台系统确认了他的定位后，又推来一个临时任务——正是昨日想要追问了解的凶案对比分析。

这无可非议。毕竟是公司接到的警务任务，无论是专业优先级，还是就近原则，他都最合适。好在从任务内容看，对接的 AI 应该还是小推演，所以想着连反向任务一块搞定，可对方仅对警方的任务做了解答，并未响应他提交的任务。

难道反向任务需要单独提交才能激活？确实没人同时处理正反向任务。他一边忍受着对接后的生理反应，一边胡思乱想。整个人像是被撕裂开来，一部分迷失于数据流的起起落落，一部分却分外清醒，知道自己躺在休整床上。某些早已被洗刷掉的记忆似乎又重新被衔接起来，又与现实交织在一起，似一场光怪陆离的梦。他既是参与者，又是观众。他像是溜进别人家的小贼，到处都乱糟糟的，有凶案，有莫名的符号，还有警察。

不过警察是真的，他用了好半天才意识到这点，主要还是因为发现公司的行政副总陪在后面。对方有点颠覆他对警务人员的印象：个子不高，偏胖，既没机甲义肢，又没穿戴外骨骼盔甲，普普通通的，头顶的粉色针织帽更是显得滑稽，一边的眼睛好像有些问题，总是睁不开的样子。不过性子倒是很急，直接冲进休整室来。

行政副总也不理解，正一个劲儿地解释说："虽然对接只有几分钟，但正常来讲，需要一到一个半小时的时间，才能让神经元活跃度彻底平稳下来。不过对接副作用还在，休整还会持续一个小时才算是完成初期恢复。这也是行业委员会的要求，也是为了能够提供出更高质量的翻译……"

"不用背守则。这些我知道。"对方挥了挥手，头没回，只看着林好问，"我不需要完整的翻译报告，只需要告诉我大体的结论就好。"

林好费力地坐起来，整个人就好像宿醉后被摇醒一般，木讷迟钝，与外界总像隔着层什么东西似的，好在已能分清虚实真假，但还时不时的恶心。他抬眼盯着警察好一会儿，才理解对方的意思，两只手抓了抓头发，喘着气说："再……等会儿……我先捋捋……"随后闭上眼睛，努力地把脑袋里的信息按逻辑排列起来。

"没……没有具体的结论……案件间有……奇怪的关联，但可见的相似点却有些差异。"他说，"主要是这么几个：铭文雕刻时间的不同——是通过对比光线，分析氧化度推导的，第四起案件雕刻的时间最早。这会儿没有时间换算器，所以没法给你准确的时间，大致的话，从 AI 时间换算过来差不多接近一年吧。然后是第一起和第二起，比较接近，基本上在一个月之内。第三起案件最晚，应该不超过一天……

"再有……就是机器人被超驰阶段的耗能问题。对比材料里案发前后的机器人状态……主要是电池消耗，小推……就是 AI，设计了一个优化函数，大体能平衡温度、路况、机器人运行状态以及其他变量带来的误差，然后导入各自的行程和从监控中推算的时速，还有……反正好多，便发现电消耗差别非常大。而前面的维保记录却显示没有机器人的动力系统存在问题……哦，铭文内容也没有结果。样本量可能还要再大两到三倍，才能确定是否符合某种语言规则……然后，又通过机器人电能消耗反推回来，以负重为单一变量，理论上第三起要比前两起多五十四点七公斤——这是个参考值。一二起差不多，可以忽略为误差，不过和代入机器人出厂运行状态得到的结果相差五公斤不到……"

"等下！谁轻谁重？怎个顺序？"

"什么？"突然地打断就像高速行车时踩了脚刹车，林好一下子从信息中跌出来。

"刚才的重量。"警察舞着手臂说，"清扫机器人的能耗反推的负重。"

林好点点头，吐了口气，忍着恶心重新翻阅起信息："第……第三起最重，之后是出厂状态的机器人，两者差了百十来斤。然后是第一起和第二起，比原始状态下的负重轻了大约十斤。"

对方边听，边掏出终端鼓捣，应该是给谁发信息。不过警察还在使用已淘汰的设备却有些出人意料。"这点有意思，我们完全没想到。"他搔了搔鼻子，笑着说，"AI 选的角度确实与众不同。"

"是因为开放性任务，就好比没有指定路径，他们容易随意起来。"行政副总插话进来，想来是做了功课。

"挺好的。"警察仍没转头，而是对着林好问，"还有吗？"

"……再有……是关于黑客的，三个被超驰的清扫机器人的日志中，还残留有很多抹除不掉的冗余字符，它们遵循的规律是一样的。这里面大部分是关于规律推导及证明的。哦，之前负重和能耗测算的公式推导也包括在这……总的来说，三个案件在超驰机器人的手法上是一样的。这里有个术语，后面需要查下专业手册才能翻译准确，大体上可以理解为通过无线、红外或者声波什么的，修改主板芯片程序。所以黑客必定软硬皆通，而且熟悉机器人主板芯片的固化程序……"

"有道理。应该去查查机器人制造商，以及他们的供应商。"警察皱起眉，思绪似乎一下子被自己这句话拉出去很远。

林好继续翻着脑袋里的信息。"有一个建议性的结论……算结论吧，第三个案子被重点标记。虽然手法和前两起有明显区别，但相关线索的紧密度在百分之八十三点六，而又和最后一起案子有一脉相承性。"

"有对凶手的看法吗？"

"除了前两个，几起案子的心理侧写都比较矛盾。没有可对比性……"

"AI 没有一个预判吗？"

"对接的信息里没有找到……不过认为连环杀人的可能性只有不到百分之十七。"此时眩晕感早已褪去，可枕后神经还不时地疼一下，连带着整个头皮都像是被针扎了一般，左侧的耳道里像是塞了什么东西。林好知道这是神经元在抗议，好在警察没再继续追问。

可他闭上眼想要躺下时，对方又转了回来。原本守在外面的机械辅警也跟了进来，对着他上下扫描。"昨天上午十一点五十三分有人报了个警，说替 AI 报警，这个是你吧？"警察扫了眼辅警调取的信息问。

林好没想到警方拒绝报案后还会有记录，何况中途系统还崩溃了，可如果他们能重新接警，对反向任务是好事。于是按着不时抽动的左半边头皮，他边打着哈欠，边复述了一遍反向任务。不过由于又进行了一次对接，可能已有部分细节被洗掉了（对接更像是获取短时记忆，所以一般休整完，通译就需要抓紧整理信息），不过想来那些算子迭代的东西也没什么实际意义。

"所以你今天是来提交任务的？"警察问。

"没交上，可能是通道问题。"他闭着眼睛。随后想了想，为了能让警方更好地重视反向任务，便补充了之前的调查结果，包括案发时间的巧合，以及对神秘的死亡结社的怀疑。

对方沉思片刻，转头向行政副总问了公司有关反向任务的规定，然后对他说："先别急着交。抓紧时间休息，下午我带你去见一个人。你随时待命，不会再给你安排任务，除非是我们的要求。"

林好一度怀疑自己听错了。然而没等他发表意见，行政副总就已拍着胸脯做了保证。可他却剧烈地干呕起来，险些吐到静电服上，好像是因未能及时休整而让后遗症越来越严重了。但他知道这是又一个让人无法拒绝的麻烦。

他感到其他人大呼小叫地把他扶到床上，然后是休整床启动的声音。肖邦的音乐开始在颅腔里共鸣，安神药和糖顺着两侧手腕流淌进来（这些只是想象）。可他并没有放松下来，警察的话像个紧箍咒，勒得人喘不过气。

对方临走时交换了姓名和联系方式，并让他等待通知，但那名字怎么听都像是在占他便宜。

10：43am　通译

不同于早起时雾蒙蒙的天，太阳出来后，一下子变得晴空万里，气温也随之跃升上来。

舒树找了家街边小店，随便要了份速食，便寻个角落坐下来。又向女儿发了几次通话请求，依旧没有回应，而拨给张放的却马上就接通了。不过如果女儿也像张放这般，反倒会让他不知所措。而且事实上，他完全不知道该和女儿说啥，拨打通话已成了某种仪式性的习惯，仅此而已。

"你那边还好？"张放打断他的胡思乱想。

"收获颇丰。"他把视频通话转到对面的机械辅警身上，腾出手吃东西。"首先，李宥承教授那边最后的任务安排有四个，分别在八号、十号、十二号和十四号，前两个与头两起案件正好对应，受害人都是指向性匹配的。第四个还未匹配通译，于十三日下午被通告撤回。而第三个任务指向匹配的通译就是第三起案件的受害人，但他却缺席了，直到前天死亡也没有进行此任务的对接。另外，这个任务是研究锌元素分布情况对 7075 铝合金性能的影响，属化学应用性研究任务，相对那个经济分析任务，这个更符合受害人以往的对接经验。"

"但也不绝对，毕竟独立通译不能太挑活儿。"张放说，"不过我倒是能猜出他为什么接那个任务。还记得几名死者社会关系的调查吗？已查到的账户信息显示，他们在案发前都做过资产处理，手里剩的钱肯定不多。而且最新更新调查信息也能证明这点，第三位受害人在被害前曾用过两个其他身份去找工作，还联系过掮客想找非法私活，但都没有成功，挣的那点钱根本不够做身体维护的。如果他不接那个广告的分析任务，可能就要饿死了。"

资产处理？舒树用没沾到油的小指搔了搔鼻梁。这似乎能和之前标注的某块拼图嵌合起来，但怪异感还在，仿佛他们对被害早有准备。他想到通译提到的神秘组织，于是把得到的信息，诸如 AI 之死等说了一遍。

"听起来像另一个宇宙的故事。"张放一脸的难以置信。

"那个结社能否通过我们的渠道去查一下？"

"我协调下吧。有想法？"

"只是猜测，还不好说。也可能只是那名通译胡编的。"他将最后一口全都塞进嘴里，吮着手指说，"现在能确定的是所有的归口都指向李宥承，凌晨那起的受害人也是关键。之前有个新想法，我下午去确认下可行性。AI 这边没啥特殊的了，和我们昨天分析的一样，建议从第三起入手。"

张放点点头："现场差不多了，就等进一步的分析数据。"

"黑客的进展咋样？我现在越来越觉得他和凶案不会毫无关系，甚至有可能远超我们的想象。"

张放叹气摆手说："别提了。系统停用后，主要分析员都出现了戒断反应，现在局里正调心理专家做疏导呢。好在有备用系统，反应都不太大，就是易怒暴躁，但进度怎么都受影响。"

舒树抿了抿嘴。这点虽出乎意料，却也正常。就连自己这种平日资源少、对系统依赖小的，在系统停掉后，都出现过不适感。如此，无论是从机构内部，还是人类自身看，都极具讽刺意味。

阳光从前面的窗子打进来，洒在桌子上，让人昏昏欲睡。一阵恍惚过后，他发现时间已快进到正午十二点半，便带着辅警回到车里，算了算时间，而后向那名叫凌皓的年轻通译发去出发通知和汇合地点。听得出，对方并不情愿，甚至有些抵触。如果是地下通译的话，没有相应的手续，恐怕理都不会理他。但在走政府关系的企业里，他们多少还有些特权，哪怕是最烂的组。何况也不是一点好处没有。他承诺会给一个特情的身份，这也是对方最终配合的主要原因。

凌皓来的时候仍是一副没睡醒的样子，随意地点了下头，便坐到车上一言不发。舒树看不出他是浸在网络里，还是在补觉休整，总之气氛让他想起和女儿的时光，皆因尴尬而相对无言。现在的年轻人估计都差不多，消费主义掩盖下的经济衰退已潜移默化地对大众心理产生了影响。他记不清是在哪里看到的研究，讲的是社会变革——包括战争、经济、疾病等重大事件——对那段时期下青年人三观的塑造。之所以还记得，是因为里面以二十年前那场失败的性别解放运动为例，剖析了他这一代的心理状态（他觉得比那些星座、字迹预测准得多）。最后，文章预言强AI兴起对下一代的影响，用了一个日本词：物哀？总之基调很灰色，似乎没有未来。他想起女儿，又看了看副驾驶上的通译，发现自己确实无法理解年轻一代。

但很快他又觉得可能仅仅是通译的问题，他们毕竟和普通人不太一样。无论是对接AI，还是使用辅助药剂，对大脑的损伤都是实打实的。即便有费用不低的日常维护，也无法避免。不然就不会有记忆缺失，这兴许对人格和性情都有所影响。

不过一个密闭空间内的两人如果一直不交流，别扭感就变得越来越强烈，尤其是进入自动驾驶之后，而且他还是希望能从对方那里获得一些信息。

"你对未来的看法是啥？是悲观，还是觉得会更好？"不知是不是声音偏小的原因，他问了两遍，对方才反应过来，脸上的表情像是在看个傻子。过了好几秒后，才说："谁会去想那么久远的事。国家不也才五年一个计划吗？"

"那就没个打算？"

"再怎么打算，也不过是一死。"通译咂了咂嘴巴。

舒树没从对方的语气中听出无奈或是沮丧，只是平淡地叙述。那文章兴许说得没错。所以有专家认为通译并不能促进经济的发展，反而是造成现在社会下行的原因之一。这算是普遍的偏见。

"我们这是要去哪儿？"凌皓也没继续保持沉默。

"去见一个 AI 研究专家，可以听听他对 AI 死亡的看法。"

"他是嫌疑人？"

舒树未置可否，不过对方的敏锐是他未想到的。他换了话题问："你们通译之间是不是……有一套自己的网络，像 AI 那样，或者类似工会性质的组织，知道彼此的某一两个身份，熟悉各自任务，偶尔协调帮助啥的？"

"AI 和我们不一样，一点儿都不一样。但绝大多数人还是习惯于从人类角度来定义他们，要么用人类来类比，甚至很多人对强 AI 的想象还停留在那些只会做简单语音应答的算法程序上。所以现在绝大部分所谓的 AI 专家，研究的不过是人类的心理投影。"打开话匣后，凌皓变得越来越健谈，"至于通译，每天都有离开的和新加入的，来来往往，除了个别人，形不成彼此相熟的圈子。而任务刨去强制保密类的，其他都会在匹配后公示一天，也不知道为什么，反正想看的话都能看到，不过应该没人去看这个，甚至有很多人都不知道。"

"这对之前分析的那几个案子很重要。原本熟人作案的可能性最大，但按你的说法，要了解受害人的对接时间，只要有心的话，啥人都能办到。"

"所以你的怀疑扩大到所有通译？"

"恰恰相反。"舒树眨了眨眼睛，"它让我手里的拼图变得更加的清晰。"

凌皓耸了下肩，说，"其实从黑客角度可以缩小一部分范围，比如做过通译，而且是老老老几辈的，还参与过芯片构架开发……"

"啥意思？"舒树猛地转过头。他不觉得这是无的放矢，一瞬间千万个思绪在头脑里炸开。

"超驰的手法。"凌皓搔着头说，"AI 也说了，清扫机器人并不是通过网络被攻击的，而是近距离切入后，直接修改底层的固化程序。这种手法和现在大家用的完全不同，不是更新升级的那种不同，而是在根源上就不一样，更贴近头些年复兴的那种硬件式的入侵。不过这个要么需要开发程序员的口令，要么知道开发时留下的后门。再加上对通译的了解，能同时满足这几点的人应该不会太多。"

"有道理。"舒树不着痕迹地扫了眼后排待机状态下的机械辅警。在与通译会合前，他提交了关于芯片供应商及固化系统的调查申请，并按张放教的方法，重点强调了和入侵警务系统黑客的相关性，想来应该很快会有结果。他又与任务中心申请了涉及此类芯片的 AI 任务明细，正由辅警的内置程序筛选甄别，虽然可用于运算的资源不多，但相对信息量也不大，相信很快便能拿到这枚拼图。

他想着再聊点啥，又问了凌皓的爱好和消遣，却发现自己连听都没听过，甚至完全无法从字面上猜出具体的意思。他只希望女儿别有相同的爱好。

1：29pm　三曹对案

林好没想到警察提到的专家是李宥承，对方显然也没想到他会被一同带过来拜访，警察更没想到他俩竟然认识。总之，三个人碰面后，都是一脸的惊讶。

警察率先打破沉默："你以前接受过李教授的雇佣吗？"

林好撇了撇嘴，还没开口，李宥承便大致说了下两人相识的过程，随后又补充了一句："你知道我有些自己的渠道，主要盯反向任务，所以这个本地的一定不会放过。但他还没答应我。"

"这是我们来的原因之一。"

"什么玩意儿？"林好一下子站起来，如果不是门口堵着机械辅警，早就冲出去了，此刻却只能强忍着又开始搅动的脑神经，抗议说，"我可没答应任何事情。"

"别着急，一项一项来。"警察褪下头顶的针织帽，掐在手里，坐下来说，"既然你们认识，那就直入主题，咱先说李教授这边。"

"抱歉，我也没理解。"李宥承说。

"先请坐。"警察示意了一下，又转头对他说，"你那个反向任务我们会协助处理，这样是不是安心些？"

这正是他最初的打算。警方的调查会比他有效得多，不需要再亲力亲为地去找那些模棱两可的线索。而且以政府机关的办事效率来说，他能吃更长久的反向任务福利，又不会被认为是消极怠工。尽管不知道对方葫芦里卖的是什么药，但显然警察了解他的诉求，所以他最后还是掐着鼓胀的脑袋，坐了下来。

李教授把他们带到的是间临时休息室，由吧台隔断出的一个半开放空间。靠吧台一侧的是套老式的智能饮品处理机，上面到处是各种饮品留下的痕迹，都已氧化变深，像是时间侵蚀出来的暗斑。李教授之前解释过，这套超长服役的设备现在只能调出口味介于卡布奇诺和摩卡之间的咖啡，倒也独特。室内散放着几把吧台椅，上面颜色磨得宛若包了浆。饮品处理机对面的墙上开了扇小窗，能直接看到大楼外。不知什么原因，原本中午时晴朗的天这会儿又变得灰蒙蒙的，尘霾重新将城市笼罩。

"通译的案子让你的研究断了。"警察对着坐在窗户边的教授说，"你需要找个新的。我没记错的话，最好是反向任务，才方便实验。而这恰好有一个。但就像上午说的，你咋保证自己的实验手段不会带来副作用？毕竟几名受害人都和你的实验有关。"

"我应该有解释过。而你也说他们是被害的，这就和实验无关了。"

"如果是诱因呢。在多起有预谋的谋杀中，共同的指向即便不是最后的结果，也必定无法绕开。"警察转着手里的帽子说，"还有那个新课题，死亡与 AI。我记得你也承认这想法超出想象，而且发起人恰好是你的代理助手，而他又恰好是其中一起的受害人。而更恰巧的是他死亡的那个时间，AI 也出现了一个超出想象的问题。"说完，他转向林好继续道，"我想李教授只是知道你接了反向任务，但并不清楚任务的内容，对吧？"

"是的。AI 不用给任务命名、分类，只有对接的人才知道具体内容。"教授抢着说，"但这又和我们说的有什么关系？"

林好见警察对他摊摊手，将问题推过来，只好清了清嗓子，组织了一下语言，说："一个 AI 死了，按警方的说法或许更准确，那个 AI 的旧人格消失了……"得益于之前向警察复述过，这次他记起来一些原以为被洗掉了的细节。

李教授时而皱眉，时而眨眼，不过并未出言打断，待他结束后才提出几个技术上的疑惑点。这仿佛激活了某个程序，暂存在大脑里的有关 AI 迭代机理、算子重置等信息被李教授一股脑儿地吐了出来。警察拦了四五次才让他停下来，象征性地总结了一下说："不会有假，技术上的探讨与我们没有意义，还浪费时间。最后这个巧合点，我核对了一下，你那个代理人的死亡时间与 AI 的可以看作是同一个时间。"

教授搓了搓脸，舔了下嘴唇问："所以……你觉得……这都是我的实验造成的？"

"一种可能。"警察揉揉眼睛，"兴许类似某种触发键，在某些特定的环境、心理状态以及别的啥条件下，造成类似洗脑，或者改写潜意识啥的那种。而实际上几起案件都具有很明显的野生邪教的一些特征。"

"不可能的！"教授挥手站起，"我这不是一天两天了，要出问题早就出了……"

"含铅汽油，四环素，反式脂肪酸，"林好随口吐槽，却没想一下子把大家的注意力吸引过来，于是耸了下肩，压低音量将后面半句嘟囔出来，"还有改良型卡西酮，现在只能用于对接辅剂。"

"那么换种说法。我是通过同行评议的，也就是说实验机理是经过检验的。若有未知或质疑，一早就会被提出来。因为机理本身并不复杂，不会造成你所谓的那些情况。可能上午我没解释清楚。我想一下……"在一口气说完一大段话后，李教授短暂停顿了一下，随后指了指林好继续说，"我们都知道主流认为任务对接时是不设防的，不会有谎言、欺骗，至少人类端是这样。但实际上，我们发现是可以对 AI 说谎的。其实就是自我催眠，要么找人催眠，让你认为假的就是真的。当然，这并不容易。你知道的，因为对接状态下，精神和思维均有别于正常状态，极有可能让催眠失效，不过这是机理之一。当然不需要催眠那么复杂，仅仅是一些暗示。而另一点我们之前有探讨过，即对接时的情绪回馈，只不过这回我们寻求的是主动性回馈。简单来说，就是先对通译做目标情感情绪暗示，再经 AI 后得到回馈。"

林好想了下说："听起来并不可控。"

"控制都在暗示阶段。在通译阅读相关信息时，通过设置颜色、声音、氛围，乃至气味等来引导。你知道的，因为情绪本身也是信息，所以引导起来并不困难，可以想象成方法派表演讲的情感替换，但我们更希望能达到让通译对任务内容形成情感条件反射。至于后面的结论，无论如何都是我们想要的。"

"抱歉，我有印象了。"警察打断说，"不过我想听些不简单的。比如：是怎么得到通译脑袋里回馈的，而且是那种可分析数据化的，埋了个传感器吗？又或者如何确定研究的样品真实有效？"

教授"哈"了一声说："我知道我们之间的理解偏差在哪儿了。我这边并不是按人类心理学那套研究逻辑来的，也不属于经验科学。你知道的，AI 完全不同于我们，没有也没必要参考任何人类的理论。所以我是先假设可能，再去用实验验证，更像是理论科学与相关实验的结合。上中学那会儿讲过量子物理吧，可以把这个想象成粒子对撞——用我们安排好的情绪去撞击 AI 情绪，至于结果只需通译感受回馈的情绪，填写我这边的一个详细的分析问卷就可以。这个上午给过你，绝对安全无害！"

林好听得云里雾里，仿佛懂了却又感觉有些地方差了点什么。他瞥见警察有一只眼睛在不时地抽搐，看起来像是程序紊乱的机械娃娃。对方最后掏出那个老古董终端，按着眼皮看了看说："但你没有向道德委员会申报，不是吗？"

"我并不做临床研究。"

"可配合实验的通译是要被心理暗示的，且实验中维持这种状态。所以事实上，已经可以看作是临床试验了。"

"好吧。"教授沉默了一会儿，坐下来问，"开门见山吧，你到底要干吗？"

"我要一个在我全程监控下的实验。"警察咧嘴笑着说，随后抬手止住教授，"先别忙着反驳，听我说完，这会是个三方都受益的事情。"

"对我来说，就是你们会接手反向任务的调查？"林好问。

"这不正是你想要的？"警察按着一边眼睛说，这像是某种结印能让他看透人心。林好不得不承认这个不像警察的警察很有一套，于是不置可否地耸了耸肩，便听对方继续说道："但你也有义务，借反向任务帮李教授的研究。不过放心，刚才原理也听了，不会对你有啥影响。报酬上，我想李教授也不会吝啬。"随后，警察转向教授说，"而李教授这边，就像刚才说的，需要配合我们。好处除了一个可遇不可求的反向任务，还有以后如有追责，会有警方的背书。我们三个各自的利益都是一方的义务，正好相互协作，咋样？"

林好依然没看懂警察到底要干什么，不过反向任务被接手，总的说是件好事，何况还能挣两份钱。

李教授也在衡量了好半天后，勉勉强强地答应了，却还有些不甘心地问："你到底要干嘛？"

"你确定真的想知道？"警察似笑非笑地看着他，直到李教授摇了摇头。

5：24pm　推理

和张放晚上的碰头比往常早得多。

事实上，在与李宥承他们确定协议后，舒树就无事可做了。只等晚些时候李教授整理份实验计划，三人都无异议，便可以开始了。

自从昨晚梳理完线索表格，又经过大半天的调查，加之不久前拿到的有关芯片的排查结果，他已有了大致的推测。只等张放的消息，看是否能成为串联起整个逻辑链的关键拼图。而搭档的调查也很快有了结果。

连接后，张放便开门见山地说："先说死亡结社，确实信息很少。原想全网搜查筛选，可现在是备用系统算力不够，也不支持。不过通过调取、比对其他省市地区案件及报案记录数据，没有发现同性质的。所以死亡结社应该只是个局限于我们本地的小组织。而后网侦那边的特情倒是提供了一条线索，说是通译内部的小团体，有点类似心理互助会那种，找的都是厌世情绪严重的。"

"消息可靠吗？"

"差不多。一个自称是死亡结社的成员在和掮客特勤聊天时说的。情景还原分析，不像是故意或有预谋地透露。"

舒树搔了搔鼻子问："现场那边有新发现吗？"

"有！算是关键性的。"张放大声说，"凌晨，在现场垃圾回收站里发现的激光雕刻枪，实际上是五经南路那起案子里用的。虽然前面两起没找到工具，但都有相应的购买记录，蚀刻符号上也没有问题。可只有二十二号下午这个，所有从左上向右下倾斜符号的斜率都有偏转。初步判断是因为外伤，激光雕刻枪的光栅尺受到振动，使得校准出了问题。而那把枪雕出字符的偏转斜率与之完全相同。不过凌晨现场的符号却是正常的。"

"因为那是一年前刻的。"他笑了一下。尽管还有几处存疑，但整个案情的拼图已呈现出大致的脉络，因果逻辑已串联起来。不过还需进一步确认，他问，"记得辛某收养了一只流浪狗，那只狗还能找到吗？"

"你是想到什么了？"搭档咋呼了一句说，"我去安排。"

"有一个初步想法，见面再聊。我现在总觉得线上不安全。"

张放甩了句"那咱局里见"便结束了通话。于是，舒树不得不也开车往局里赶。

除了审讯工作，他平时很少回办公室。原本在犄角旮旯还有个座位，现在也都堆满了杂物。其他几组都不在，不知有没有被抽调到黑客的案子里。队长正坐在自己的隔间里，焦头烂额地看着满墙的数据，瞥见他，不耐烦地摆了摆手。他没去找不自在，估计具体的进展张放已汇报过了，不过看起来黑客调查的进展确实不理想。搞不好真的像张放开玩笑的那样，他应该做好随时被推出来顶锅的准备。

他转了一圈，准备去车里等的时候，张放到了。一路小跑过来说："抱歉，我的问题，有点等不及了。"他表示理解。随后两人找了间没人用的审讯室，打开屏蔽网，关闭录音录像功能。

"狗找到了，不过是死的。"张放一坐下来便开口说道，"能这么快，也是赶巧儿了。流浪狗追踪很麻烦，本来计划利用视频、照片慢慢比对，不过刚开始，备用系统便推来份出警笔录，是昨天下午城南垃圾处理中心，报警说有人虐杀小狗并抛尸。但因为只有尸体，没法定性，所以只对现场拍照取证。于是匹配正好对上。在来的路上，那边已读取出狗体内的内置芯片的定位记录，其中包括第三起的案发现场。时间也对得上，因此受害者还得再加一条狗。"

"看来是真的缺乏经验啊。"舒树总结了一句说，"死了也没事。可以比对枪上的划痕和狗的齿痕。如果是的话，基本就可以锁定了。"

"可很奇怪，为什么凶手要把那支枪带到下一个现场处理。"

"因为凌晨那起死者正是第三起的凶手。而那是整个案件中唯一的一起凶杀案。因此才会手法生涩，与另外的完全不同。"

"你是说其他人是……"

"自杀！"他点点头说，"中旬的两起和昨天凌晨那起都是自杀。按照这个思路下来，就不存在所谓的密室了，一切人为的难题都说得通，还有那些自相矛盾的心理侧写。毕竟现实不是本格推理小说，那些匪夷所思的复杂诡计是难以实现的，凶犯能利用的只是我们的认知误区和思维惯性。"

"但类似邪教的自杀事件已经被否了，因为无法解释那些符合连环凶杀的细节，比如针孔位、凶手签名以及被入侵的清扫机器人。"张放皱了皱眉。

"要是为了误导故意留下的呢？"舒树掐了下胳膊肘说，"九号那起案子，我们一早定性为自杀，直到第二起发生，才改了方向，就是因为微创点的位置。现在看来，这便是一个可以被利用的思维定式，或者说约定俗成的习惯。就是大家总是在固定区域位置注射，要么大隐，要么肘静脉，似乎没谁会换来换去的。所以当两个位置出现微创点时，很自然就会觉得古怪。"

"我记得，不过当时还有个考虑，通译躺下后，上臂位置处于对接舱的保护下，外人很难把注射枪伸进去。"

"是的。但反过来想，不是正好以此来伪装和误导吗？第一起没考虑到，于是后面做了改变。"他停了一下继续说，"不过为啥要这样做的动机，是个问题点，但并不影响还原案件过程。前两起被黑的清扫机器人是关键！因为那里根本就没有人，完全是用来混淆的误导。如果不是 AI，这点还真不易发现，谁能想得到机器人的载重量会有不同？反过来想，如果是凶杀，且已经有了更好的不留痕迹的方法，为啥还要画蛇添足地弄两个实际上并没有载人的机器人？"

"那凌晨的案子呢？自杀确实解决了密室相关的谜题。自杀前的清洗痕迹也可以看作是一种画蛇添足。可为什么要这么做？而且这里没有清扫机器人。"

"回答这些，要先说第三起。"他示意搭档别着急，"想象下，如果大家约定好一起自杀，中间却有人退缩了，会怎么样？"

"你是说他是被其他人强行执行的？就是凌晨那起的死者？"

"受害人……"他一边调出资料，一边说，"辛某不管出于何种动机，他后悔了。我直觉认为是因为那只狗。这兴许有点可笑，但从目前我了解的通译行为，是有可能的。总之他退缩了。而这种退缩很可能让前面所有的自杀伪装——机器人、签名以及其他等毁于一旦。虽然不知道他们设计的目的，但这意味着不可接受的背叛。辛某应该也知道，所以躲了一阵，可惜没躲过。他有可能忘了任务是会公示的，凶手只要盯着任务中心就可以。"

"不过这也明显打乱了既定好的节奏。于是凌晨那起既为了混淆视听，又为了保持一致性，不得不增加清洗程序。他们似乎并不想把第三起剥离出去。但没办法把清洗放在收尾时做，那样就需要有另一个人的帮忙，这便会让可执行的手段变得过于精密和复杂，容错率将直线性下降。然而这个时候又出现了容错率之外的事情——物业公司和一家新企业签了合同，在这个服务区全面切换新机，做实地测试。"

"所以那起案件里才没有被超驰的清扫机器人，因为新的程序没法破解。"

"我想不是无法破解，而是因为时间不够。从排查出的任务信息看，辛某躲避的那段时间，小非也没有接任务，应该是一直在看着对方。可在确认对方接了任务后的同日，他也选择了一个任务，间隔只有十个小时。所以在完成凶杀后，并不知道机器人更新的他，已没有充足的时间来破解入侵了。而那条流浪狗是他另一个没想到的地方，不仅让枪出现问题，还加重了心理负担。我们都上过心理学的课程，这种意料外的变化足以让他神经崩溃，何况他还是首次犯案。所以留下了痕迹，使得他不得不清洗现场，因此带来的紧张和急迫也使得他忘记要在当时处理掉工具，直到将其又背回家。"舒树缓了口气，也给张放理解的时间。而后搔了搔鼻子，接着说："这里还有一点让他杀的可能进一步存疑。小非身上的注射针点，有三个。因长时间没有任务，不可能是前面的留痕。可若凶杀，在已知一针致死的情况下，再打一针的做法显然不符合人类的行为逻辑。因为没人会用未知的不确定——现在已知的，地区大规模断网——去赌已知的结果。但这是我第二个还没想通的问题，我怀疑和 AI 有关，他匆忙选择任务恐怕也是如此。但目前对比任务内容和负责的 AI 没得到有效的信息。不过李宥承那里应该能挖些信息，毕竟目前他是所有案子的交汇点。下午我已想法子把他绑定，就看后面的进展了。"

"所以现在还差一个合理性动机？"张放想了想问。

"我大体有个想法。"他抿了抿嘴说，"这多亏了网侦特情的线索——死亡结社在发展更有自杀倾向的人。和传统意义上的集体自杀不同，他们带有明确目的性。前面几起更像是某种实验，不断调整的实验，最终目的是以此来杀掉个 AI！而且他们成功了。"

"怎么可能……"张放下意识地反驳，可很快又想到了什么，一时间大张着嘴巴，仿佛被定了身，好长时间后才说，"那这案子的性质就完全变了！"

"不光如此。"他停顿了几秒钟，然后加重语气重复说，"他们一定至少还有一个人，一个设计了这一切，统筹安排，包括黑入机器人等的人。而他才是我们要找的凶犯！"

9：08pm　方案

凌皓九点多才在三人小组里回复消息。因为分开前，他有提到上午对接后需要去做大脑 SPA，会晚一些。这就是正规和地下的区别，虽然不知道这个俗称 SPA 的大脑放松理疗具体效果如何，但从不菲的收费上看应该有些作用的。因为没有公司报销，大多数个人工作室会选择不做。这个没有硬性规定，可听说如果没有数据记录，无论退役前后，一旦发现神经系统相关疾病，医保的报销比例是要下调的。这些都滋生了另外的黑色产业，不过这不归舒树操心。

通译打了个招呼，便去看方案。其实在发到讨论组里之前，舒树先拿到过一版。这是他要求李教授做的。不过那时他正忙着向女儿发送通话请求，都没顾得上吃饭。然而日渐寒冷的天气似乎凝住了彼此沟通的可能。

天已经黑了，可外面依旧是雾霭霭的。天气分析说是低气压和热岛效应共同作用引起的，不过下一波寒流一到，又将是艳阳高照，预计后天上午到。虽然气象局现在很少发布天气分析的 AI 任务，但天气预测分析的模块是 AI 做的，偶尔略有调整，准确率还是挺高的。

不知是不是连日的阴霾，让人变得多愁善感起来。对于女儿过往的记忆，那些小手小脚、蹒跚学步、奶声奶气的记忆重新变得清晰，仿佛刚刚从床底翻找出的、拂去时间尘埃的老相册。可很快他发现对女儿的了解仅限于此，互动与交流随着时间的递增越来越少。如今，他只能从几个社交媒体上窥得对方近期的状态。这还是利用内部手段才取得的 ID，而女儿留给他的只不过是个可以通讯的账号罢了。

他还有些怀疑是受了张放的传染。搭档在分别前，发了好一通感慨。不过两个人确实极为默契，很多事可以心照不宣，而且分工明确。为了效率，需要人出面沟通、协调的活儿基本由张放去跑，他只负责案件分析。毕竟社会的进步还抹平不了基因里的歧视，女性权益仍在抗争，何况是其他性别。显然文明只在宣传上取得了长足发展，可实际上人们还是会主观或下意识地对异类（少数人）抱着怀疑和排斥的态度。在和张放搭伙前，很长一段时间，他始终是一个人，处理的也都是些陈年旧案。

"我们都知道你的能力，只不过……"

舒树无所谓地笑笑，拍了拍对方肩膀说："先把案子搞定，争取在他们之前把人找出来，不管结果如何，都是大功一件。"

两人干劲十足，重新做了分工：张放继续跟进总部这边对小非服务器上线索的排查和对黑客的分析，并着手调查死亡结社的动机；他则盯紧教授，争取钓到有用的线索，最好能引蛇出洞。这多少有赌的成分，所以他把实验方案改成两次对接。

"大问题没有。"凌皓看完方案发来消息，"为什么不一次搞定？"

"因为做不到。"舒树抿了抿嘴，将之前想好的理由发了过去，

"目前 AI 给的信息只是一个现场，不足以完成调查。因此要以你初步的调查结果来做深入询问，换取更多线索信息。而且三方合作，我觉得最好能有一次磨合，会更加有效。你这边，我们可以出具需要多次反复对接的证明，而且经济收益是翻倍的。"

"是的。如果方案无异议，我就把雇佣协议发你。"李宥承补充说。教授对次数的增加乐见其成。

而这种乐见其成也正是他想要的。

"所以他们还会有一个策划人？"张放在惊诧于袭击 AI 的猜想后问。

舒树点点头："必然的。无论是小非还是其他受害者，实际上都只是执行人，或者客串的惩罚者。一定还有一个躲在幕后的大脑，安排计划，并不断物色悲观厌世的通译。这么说不仅仅是推理的可能性，而是因为黑客。还记得我提过凌皓，就是那个小通译，他说超驰清扫机器人的黑客是个超级老派，甚至可能要往上数好几代。目前看这几个通译都不具备这方面的能力。

"而且芯片供应商和固化系统及对应 AI 任务的排查显示，国内的固化系统在五年前有过三次 AI 任务，都是对 Robsar 做深度优化和重新构建的，发布人是同一家芯片公司。可惜 Robsar 的开发任务在国外，要调取相关的 AI 任务数据比较麻烦，目前还在申请审批中。不过这是个思路，可以去查查入侵系统那个黑客的手法，无论是留下的痕迹，还是逃跑时抛出的诱饵，总能归纳出来。我怀疑很大概率他们会是一个人。"他搔着鼻子说。

"所以我们有可能和总部殊途同归？那就先不用上报。"

他猜出张放的小心思，笑着说："这也是我想说的，难得的大案。目前嫌疑人范围已缩小许多，老派的黑客，还与通译相熟，或者本身就是早一批通译，想来不会太多。掮客们兴许能知道一些。也可以从固化系统的相关人员入手，我整理了当年通译以及芯片负责人的名单，有时间可以走访一下。我们兴许能抢占先机。"

"嗯，名单发给我就好。"

"然后是李宥承这边。从几名受害者看，策划者和他之间必然存在联系，要么是监视、利用他的人，要么是他身边的人。如果他有了新的雇佣通译，我想策划者不会无动于衷，无论他是不是黑客。但那名黑客在案发现场的奇怪表现，我还没想通。"

"所以那个通译才是你真正的饵？"

"两个都是，就看哪个先。"

"但如果他们的目的是干掉 AI 的话，事实上已经成功了。这时候布置会不会晚了？"

"不，事件还没有结束。不然黑客不会去搜索小非的服务器，甚至等不及通信公司修好网络，甘愿侵入警务系统。而通信公司的无人机帮了大忙，没让他有时间得手。所以小非的服务器中肯定有我们还没发现的关键性证据。这可能是时间仓促带来的另一个疏忽，又或者因为某些未知的原因他们有了内讧。我甚至怀疑小非连打三针，除孤注一掷外，或与此有关。在他找到想要的证据前，应该不会再有自杀的案件发生。"

那就没其他问题了。

凌皓适时发来消息。这点上他相对老派，只喜欢发送文字。而教授恰恰相反，基本上摄入系统是常开的，不过高调的性格倒削弱了他的嫌疑。

"对了，这个任务必须在你们公司对接吗？"舒树突然想起来有个问题需要确认。

凌皓

反向任务不用。只要设备齐全，保持稳定网络就可以。辅助药剂公司有提供。

> 这样最好，李教授那边有合
> 适的场地吧？
>
> 舒树

李宥承给了一个他自己的"没问题"的表情。片刻后，又发起一段关于场地设备的直播，看上去像在实验楼里。他在几个关键点处给出全方位的特写，并做了相关介绍，包括设备的保养记录等。

凌皓

> 带宽资源是关键。教授那里
> 略偏，但还好。只要不会出
> 现中途长时间断网就好，对
> 接可能会多些时间。

"这点可以放心。"李宥承说，"之前对接过不少次，只是相对慢一些。不会出现断网情况，毕竟那对 AI 和通译都有伤害。"

> 这是什么意思？ 舒树

"因为 AI 是实时变化的信息流，所以无法断点续连。一旦超过五秒的断网，就会让一部分信息困在下线。其实对 AI 的影响不大，无论是困在设备里，还是其他别的地方，重新接入网络后，又会合流。不过如果困在通译的脑子里，对通译的神经元伤害很大。"李教授比画着解释说。

舒树点点头。三个人又确认了一些细节问题，便再无异议。因为凌皓刚做完大脑放松理疗，所以不需要太多的休整时间。大家都觉得可以早一点开始。

12 月 24 日

6：00am　提交任务

警察的车准时停在公司楼下。林好隔着背包摸了摸里面的药剂瓶，大步走过去。

天还没亮，但赛博区的灯光已模糊了昼夜，唯一的区别是不如冬日里太阳那般清冷。估计和限制照明光中蓝光组分的城市管理办法有关。天知道这又是从哪儿冒出的法律法规，要么就像大脑放松理疗一样，用以保证某些集团的利益。这么一想，AI 通译和 AI 更像了——总有人以操心你的方式来养活他自己。当然，他并不是在说教授，昨天接触下来，对其印象有了极大的改观。警察好像还觉得他有嫌疑，不过林好直觉上认为可能性不大。

"吃早饭吗？"警察在他钻进车后问。

"不用，"林好摇摇头，而后觉得略显生硬，便加了句"谢谢"。沉默了一小会儿，又接着补充说，"我带了葡萄糖，届时和药剂一块注射就好。不然对接完，也得吐出去。"

虽说有过一个下午的磨合，但他还是不知道该和对方聊什么。如果不是携带辅助药剂无法通过安全扫描，他更愿意叫辆无人出租车。好在警察总能不觉得尴尬地没话找话。

"你养过宠物吗？"对方问。

他愣了一下，摇头说："没有，太麻烦了。"

"小时候呢？"

"不知道，那时候的记忆已经没了。不过几个月前职业建议里有新增，说饲养个动物，对大脑恢复有好处，尤其是对退役的通译。也不知是谁研究的。"林好撇了撇嘴。

"你以后想养个啥？"

他轻笑了一下："没那个打算。顺其自然。要是觉得自己不行了，就自我了断，最省事。"

警察皱起眉说：“听起来有点悲观厌世。”

“我只是对未来悲观，对活着没意见。”他想了下，又补充说，“如果有动物通译的话，我或许会养一个，否则没时间去猜它们的意思。”

“就像人类和 AI？”

林好看着对方。他清楚这正是普通人对 AI 的认知。这种毫无根据的自以为是让他感到厌烦，继而又多了一丝悲哀。如果 AI 是宠物的话，那通译算什么，宠物的宠物？

“对了。对接时，你再问问 AI 怎么看待针对它们的袭击。”警察突然说。

他随口应声，可随即意识到对方似乎另有所指。“难道凶案真的和 AI 死亡有关？”

“你也这么想，所以才会将反向任务报案？”

“因为时间。”他点点头，没好意思说明那是为了应付反向任务而瞎联想的。不过目前看，警察会接受任务很可能是因为和他的调查方向一致。

“看来还是很明显的。不过还只是猜测，缺少证据。这个先不要和李教授提，有结果了，后面再私信我。”警察说。

他再次点点头。不过想了想，还是将自己的看法说了出来：“如果真的有人想要杀死 AI 的话，我不认为会是做通译的……怎么说呢，我们这些人除了 AI，就什么都没有了。身份多到没有一个是真实的，对世界、对家人乃至对自己的记忆也越来越少，所谓的现实还不如网络来得真实。时间久了，你就会发现 AI 是那样的自由、那样的纯粹。他们能感受你全部的感受，然后毫无保留地接纳你……”

“彼此共情？”

“灵魂上的相合吧。那感受很难描述，不是通译的话，可能永远无法理解。”他语气中带着自嘲，“所以我们只是群游离于人类和 AI 之间的生物，说是人类，却又被同类和自我双重排斥。这可能和我们本身的社会阶层有关——底层却又相对富裕，至死无法被任何一方接纳。不知道你有没有发现大部分通译都存在性别识别障碍？"

警察深深地看了他一眼，说："之前没注意。但这么一想，确实，至少四起受害人都是。"

"这算是 AI 带来的影响之一，不过不是说 AI 造成的，而是对接时更能让人看清自己，激活所谓的本我，或者阿尼什么来着……"

"阿尼姆斯和阿尼玛。这个词用得不算准确，它表达的是对异性的心理意象。"警察停了一下，解释说，"我在手术前，自学过相关的东西。所以我理解你讲的社会压力，这会是一部分。"

林好略感诧异，随后一种说不清道不明的变化从心底涌现，不再觉得被拉来协助只是为了完成反向任务的交易，或者是某种计划之外的麻烦。但他知道这不过是出于同为异类的同理心，却不妨碍在做催眠暗示时更为主动地配合。

教授的手段有些远古，仿佛心理学这几十年来一直没什么进步：先是随意地扯了扯家常，然后是灯光变化、轻微的背景音乐，最后播放了几段视频，又让他闭眼听了一大堆的故事。

"这就可以了？"他睁开眼睛问。

"还有个测试问卷，作初始状态以此为后面的参考基准。"教授说，"这次只是磨合，验证一下前面的数据，顺便看下你这边的偏离情况，不需要太复杂。"

"可验证哪种情绪？我没什么感觉。"

"这样最好，避免人类的主观感受影响到实验结果。"

之后是林好的一系列准备工作，更换静电服，往后颈的接口处涂润滑药膏。由于还要吊葡萄糖，所以又在大腿处提前埋好了针。不过正式开始前，还需等公司的确认消息。他一早去取药剂和准备工具时，才想起还得经任务中心通知 AI 来做对接。

"我一直好奇一个问题。"警察在做他准备时说，"如果不看公布的匹配信息，直接就对接的话，你们能否认出是哪个 AI？"

"可以啊，和认人差不多。时间久了，自然而然就熟悉了。"

"那基于什么？对接时的习惯，还是性格？毕竟它们没有面貌特性，任务中心那边也只是靠数据签名做身份区分的。"教授插进来问。

林好从没思考过这个问题，那几乎是一种本能，只要对接一次就不会弄错。"或许对接后，我们就能看到他们的'面貌特性'，但没法在外面说明白。"他说。

教授沉默了一会儿，才点头说："有道理。我们对 AI 还有很多不了解的，所以才更有研究的必要。"

他不以为意地挑了挑眉。还有一点他没提，有时候中心公示的匹配信息和实际对接的 AI 是不一样的，因为 AI 间偶尔也会替班，不过登记记录里会根据实际的对接情况做变更。但不管是谁，对于人类来说都并无大碍。

警察接着教授的话题说："也包括死亡。"

"是的，也包括死亡。这或许能归为一种新的情绪信息，但这种机理超出常识。你也知道，此前没人会在意这个……"

"除了小非。"警察出言打断，又在对方恍然前，继续说，"你还记得他当初为啥会找你聊那个话题，以及当时的状态吗？"

"就是正常的讨论。"教授说，"由于缺少系统的专业学习，他提出的很多问题会看起来很荒谬。但因为 AI 不同于人类，很多时候就需要你跳出来看，所以我们经常会就某个问题进行探讨，这也带给我非常多的启迪。这个问题其实他很早就问了，那时候刚合作不久，具体状态什么的，记不清了，应该没有异常，后来又探讨过几次，也没有什么问题。不过现在想来，他确实对这个很执着。而你知道的，我之所以同意协助他，也是因为这和情感研究是同源的，最终都指向 AI 的内驱力。他准备了好长一段时间，我们才计划过完年开始。现在看的确是个很好的研究方向，有可能能追溯到情感根源。但实话实说，这还是让人想不通……"

警察进一步询问时，林好收到了公司的回复。任务中心已经确认，可以随时对接。于是他拿起注射枪，示意还在说话的两个人。可他们并没停下，仅仅是把目光转过来，看着他一系列的操作。当他意识开始抽离时，隐隐约约还能听见李教授在讲什么力比多理论。

对接以人类的时间衡量不过几分钟，但在 AI 世界里时间的定义变得更为复杂。或许当神经传输速度加倍后，同样也要进行洛伦兹变换。总之，退出后总有种时空紊乱的错觉，仿佛脑子里有个重启键被狠狠按下，得恍惚好一阵，才能重拾起意识。好在这次没有太多的信息交换，生理反应也没有往常强烈。可惜教授这边没有独立的休整室，他只能继续躺在舱里，等待神经活跃平复。隐约间，好像警察在敲打舱壁，不耐烦的声波如同扭曲的脸在他脑子里穿进穿出，又好像只是在做梦。

当他能发出声音，试图睁开眼时，教授和警察异口同声地问："怎么样？"

6：00pm 等待

舒树整个下午都在等张放的消息。

上午的对接没能从 AI 处获得有用的线索。这在意料之中，毕竟这次只是留下痕迹，想要引出对方，还需要一段时间的发酵。接下来要做的就是静静地守在陷阱边，看哪一方先失去耐性。

不过好在猎人不止他一个。张放带来的都是好消息，案件的进展形势一片大好。

首先，无论是雕刻枪上的痕迹，还是通信公司给出的断网结论都和之前推断的一样。不过通信公司的报告中并没有直接的证据指向对接事故。因为现场遭黑客破坏过，所以结论是由对其他设施一一排除后得到的（这也影响了调查速度），但完善逻辑链足够了。小非对 AI 的袭击引起的意外断网，使得本应像前两起那样被垃圾处理掉的雕刻枪被发现，成为指证其杀害第三名受害人的证据。

另一个发现是关于铭文的，虽然具体内容仍未破译，但寻到了根源。说起来还是托黑客的福：为弥补分析科因系统停用出现的大面积戒断反应，局里抽调了不少人过去帮忙，还连线了几位已退休的专家协助指导。其中一位在看到铭文符号后，发现自己对此有印象，利用催眠回溯，确定是大约十六七年前，和 AI 爱好有关。最后由网络搜证科的人从信息废海中翻到了曾经的报道。

那时候强 AI 刚具雏形，国际关系也从紧张对立中渐渐舒缓，于是 AI 再次火爆起来，成了军备竞赛的替代品。其中最具代表性的有四个：中国的天威、美国的飞跃顶点、欧洲研究中心的莱布尼茨伽利略（简称莱 - 伽）和日本的天照神姬，它们同时也是现代 AI 的基础。当时为了对抗 AI 威胁论，主流媒体和利益集团都尽可能地将 AI 萌化，试图打造成类似动物园里会画画的大象那种高智商的宠物性工具。因此对性格、爱好等贴近常人共性的报道最多，而天照神姬的爱好便是使用统一码字符作环复回文诗。

可上面并没有太过重视，因为天照神姬早已作为算法染色体结合成了今天的超级 AI。而所谓的算法染色体工程，大体上是让几个智能按有性繁殖的方式发展出第二代。其中由于天威和飞跃顶点的功能最强，所以各自随机拆分成一组染色体对；而剩下的莱 - 伽与天照神姬再组成一对，然后两两结合。这样一来在十二个 AI 里面就有四个与天照神姬有直接关系，但从 AI 学角度来说，本质上已完全不同。而且铭文只是凶手的特征，他们还未与黑客等同起来。

不过对于舒树两人来说，这点将进一步缩小排查范围。"尤其是走访与固化系统相关人员时，可重点看一下日裔或者有过日本相关背景的。不过人群可能要扩大一些，包括与相关人员熟悉的，保不齐不是直接负责人。"他建议道。

张放笑着说："还好，结合掮客们提供的 ID 清单的话，不会太晚就能有结果。不过确实得抓紧了，听说已初步掌握了黑客的线索。"

他下意识觉得那不太可能，黑客一定和手里的案子有关。又或者是总部有了新的线索？可他扫了眼卷宗，并没有更新。因为张放还在，应该不会有人故意扣着线索不放。

他吐了口气，甩开杂念，切到临时的三人小组里问："明天中午第二次对接，如何？李教授那边有问题吗？"

片刻后，李宥承发来消息："这个要看凌皓的状态。"随后，他震了一下对方，"给你的 VR 材料有看吗？"

凌皓的回复很快："除了睡觉就一直在看，感觉已洗脑。"

"几段可以随机播放，没必要按顺序。α 波谐振舒缓时，可以换成我给的音频。"

"状态如何？"舒树问。

"需要做下墨迹测试才知道。"李教授边说，边发来一份问卷，"每道题用时不要超过 5 秒钟。"

舒树随手点开，看了三两道，感觉上和罗夏墨迹测验差不多。他不知道这是不是李宥承根据罗夏墨迹改编的，也没好意思问，就其效果如何更无法给出专业性的评估，因此只能干等。期间他呼叫了三次女儿，依旧无人应答。

大约四十分钟后，李宥承表示状态良好，可以对接。"不过上午最好早点来，再巩固加强一下。"教授补充说。

很好，这又是一个好消息。明天上午张放对可疑人物的排查将是打动草丛的第一步，随着深入，对幕后策划者的压力也就越大。而从暴力入侵小非的服务器来看，他势必还有未完成的任务，那么李宥承这边则是最快最好的选择。此时，引蛇出洞的饵才算彻底完成。

"别忘了上报公司，反馈到任务中心那边。"舒树也震了一下凌皓，并尽可能让暗示不显得突兀。"现在能弄就弄，省得过后忘了，耽误时间。"

对方回复了个"放心吧，妈妈"的表情，然后问道："那我该如何答复 AI？"

"这个见面说吧。"舒树搓了把脸，具体答复可能要再琢磨一下，虽然与计划意义不大，但他不想让对方觉得过于敷衍。有必要的话，可以再增加一次对接。

现在所有的齿轮都已归位，就待猎物上钩，那最终网到的大鱼将成为整个事件真相的最后一块拼图。

11：04pm　结案

然而变化之快出乎所有人的意料。

舒树被张放吵醒时，刚刚睡着，大脑还处于宕机状态。直到对方重复了好几遍，才听清说的是啥，惊得一骨碌爬起来。"案子为啥结了？"

"因为黑客找到了。和我们想的不一样，和 AI 死亡无关。"

"人呢？"他快速地套上衣服。

"这是最大的问题所在。他是个匿名者。"

他险些被裤子绊个跟头。不过在他发问前，张放已扔过来一条链接。

内容是发布在欧洲最大的成人社区上的。开头是一张逐渐清晰的 V 字脸，而后是整个入侵的详细介绍，包括借道的肉鸡，以及几处关键点使用的手法，并附上了脚本代码（这倒方便系统服务商针对性的升级）。声音经过处理，可选择的中、英、法三个语种的声纹都是一样的。没有提动机，只是在最后再次出现了匿名者组织的 logo（标志）。

舒树按了按眼睛。对于匿名者组织，他了解得不多，只知道是至今还活跃的老牌黑客组织，虽说巅峰期已不在，但时不时还能发出声音。和后来的组织不同，匿名者是自发的松散性组织，很难锁定核心，这也是其存活至今的原因，却也让涉及其的案子无从下手。

"有没有假借的可能？"

"确定不了。何况任何人都可以宣称自己是匿名者。"张放说。

"那现在的情况到底是什么样？"

"因为对方自曝，而且从展示的资料看，是黑客本人这点不会有假，因此不需要再继续调查'是谁干的'，重点转为挖出'他是谁'。目前的分析结论是国内人的可能性比较高，因此已明确要向网侦科那边倾向，而像我们这种关联度弱的，便陆续开始剥离出去。"张放停下来缓了口气，而后才继续说，"所以我想在上面关注点彻底撤走前，把案子了结。这对我们来说是最好……虽然黑客和我们推想的不一样，但主理案件的推理没问题，所以我简单整理了一下，写了结案报告……"

舒树不知道是从哪句开始听不清对方说话的了，只有越来越大的嗡鸣在耳道里回响，仿佛撞进了百十只绿豆蝇。继而使得他头晕眼花，无力得想坐下来，却又觉得口干舌燥，需要去喝点水。这种既要坐又欲站的想法，让他一时僵住了，一股无法控制的烦躁感在心底滋生，随后在身体里横冲直撞起来。他忽然记起一个和女儿的分歧点，对方总觉得他过于软弱，容易妥协、让步，永远不懂得去争取应得的东西，甚至可以说是废物。可他知道那不过是年轻意气，最终换来的只是一身伤痛。他也更加清楚那些话不过是对他过往的控诉，是宣泄而出的嘲讽——无论家庭，还是工作，他都是不折不扣的失败者。

他闭上眼，缓缓地喘了几口气，让还在微微抖动的身体平缓下来。"可黑客那几个怪异点并没有解释。为啥要袭击无人机？"

"那个在圈定他真名实姓后，有的是时间审清楚。"

他并不看好对方的乐观，不过没有说出来，而是问回案子："动机你写了啥？"

"死亡结社，自发性邪教，蚀刻铭文类似图腾教义，从通译角度都说得通。"

"那有可能的策划人，与黑客的关联呢？"

"没有黑客。看看那链接，除了现场重合，他和我们没有任何关系。而那也是因为最后下线的是你。如果是其他人，他或许就会出现在别的现场。"张放的声音渐大，"而以对最后死者的背景调查看，他要设计出超驰程序是完全可能的。"

"最后那三针又咋解释？"

"那无关紧要。"

"所以你没在报告里提 AI 死亡的事？"

"那不归我们管的！甚至可能只是凑巧罢了。"张放面红耳赤，挥着手说，"而且我真不觉得那伙人能对 AI 造成什么威胁。这想法本身就很荒谬！通译集中性地搞 AI，在行为逻辑上不通啊。不满 AI 的人是不会做通译的，就算有也不可能有四个，甚至更多……"随后见舒树沉默，便继续说，"而且黑客已经被定性，我们没有借口了。前面两起耽误的时间有点长，上面不会再一直等下去。毕竟现在不是世纪初，受限技术，需要靠时间填补。而且就算最终真的牵扯到 AI，那也真的不属于我们的职权范围。"

舒树闭着眼睛，整个人瘫靠在墙上。他知道对方说的没错，而且也早已习惯。只是这次过于顺利，一下子被拦腰斩断，难免有种惯性上的不甘心，但更多的还是因无奈而生起的对自己的愤恨。

又是一段沉默后，他问："你调令下来了？"

张放点点头。

"可惜没能让成绩更好看一些。"他叹了口气说,"我就是觉得有些可惜。"

张放也吐了口气说:"这样已经很好了。"

"是啊,已经很好了。"他站起身,将窗子的透明度调高。城市里依旧闪亮的光瞬间冲进屋子,映照出一个光怪陆离的世界。

11:44pm　无疾而终

"警察撤了?"

林好洗完澡出来,盯着小组里的留言,觉得整个世界都充满了恶意,已经彻底滑入荒诞的深渊。留言里没有提及具体的原因,只是通告了后面的变化。这和对方平时说话很像,总是说半句留半句,让人云里雾里的,猜还猜不透。不过变化对他没什么影响,之前的合同只是和教授双方的,而且警察又发来私信,保证他的特情身份以及任务调查。

"我会把警方对几起通译案件的调查结果发给你,用来答复任务足够了,目前能确定的就是最后那起引发了它们的死亡,不过有可能只是巧合。至于其他的,我们这边没有更多的信息了。像这种问题,个人建议,更应该去找联合国。"对方语气生硬地补充说,"这也符合之前你提到的,任务涉及三国五城,问题是全球性的,指不定是其他地区弄出来的。"

他拧着眉头,所谓三国五城已记不清了,可对方所谓的调查却过于敷衍,而且退出得异常突兀,就像是被人盗用了身份。于是试探地问:"我们第一次见面时说的第一句话是什么?"

说实话,这个问题他也不记得了。警察沉默了一小会儿,发来视频请求。他拒绝了。

"你觉得我又被盗号了?"对方没好气地说,"开视频。我可以每秒转八次脑袋,保证没有任何伪装。"

他没敢让对方一秒钟晃八下头，但能猜得出这种不太好的语气和突然退出是有关联的。按之前的理解，警察全程跟进对接是为了调查凶案——教授的嫌疑很大，尽管他并没看出来，但警察的撤出却又没有后续安排，便不由得让人心头发慌，仿佛有根棍子在肚子里反复搅动。不知是不是情绪暗示的影响，突发情况带来的未知化为一种前所未有的恐惧将他包裹起来，令人窒息。

他惊得站起身，在屋子里走了两圈后，却忘记自己要去干什么。于是又坐下来，翻找出之前的合同，上面倒没有单方面退出的惩罚条款。"那实验还要继续吗？"他想了一下，在小组里问。

"我这边没问题。"李教授说，"这样的话，我们也没必要着急了，可以把暗示做得更深入些。"

警察半天没说话，有可能在和教授私聊。他又等了会儿，最后还是耐不住，私信问："你对后续没意见？"

大约三分钟后，对方回复："我没啥，一切照旧就好。不过如果后面有人因这任务找你，记得第一时间联系我。"

听起来案子还远没有结束，且更加复杂，否则警察不会突然变卦，却又暗中叮嘱。

> 会是谁？
> 是凶手？
> 为什么找我？

林好

警察

> 不用担心，只是例行提醒的注意。

> 我不是傻子
> 你们应该启动证人保护
> 他会来杀我？？？？？？
> ？？？？？？？？？？？
> ？？？？？
> [消息已失效]

林好

警察
> 你是安全的，没有凶手，受害人都是自杀。

> 自杀？　林好

警察
> 是的。你是安全的。当然，有消息一定要第一时间通知我。

　　一连串的发问后，他也冷静下来，发现自己在同意协作时就被警察坑了。对方明显是用他做了个局。现在说什么都晚了，早已身陷其中。他突然觉得今早对警察的同理心或许是一种错误，很可能是大脑 SPA 的副作用。所以如今唯一想做的就是赶紧把任务了结，然后躲得远远的。

　　外面，城市的光亮已开始消散，一个区接着一个区，如同渲染开的墨迹。只剩下唯一闪亮的赛博中心，像是贯穿黑夜的灯塔。

　　他愈发觉得事情绝对没有警察说的那么简单。而且上午对接时，AI 的反馈也颇为怪异：每每在谈到被杀害时，AI 们回馈情绪就会变得异常兴奋，但教授却认为那更可能是他主观情绪的加强反馈。他说："诞生某种新情绪的可能性不大。虽然 AI 之前没经历过死亡的情况，可从人类的模型能看出，不管是惊讶还是恐惧，都只是在基本情绪上做变体。反过来说，它们和我们不一样，那如何来定义那种新情绪？又如何验证？你知道的，我现在的研究实际上是用人类情绪来类比 AI 的。但真实情况，两者在本质上是完全不同的。"

听他说完，林好有种感觉，对方的研究或许从根儿上就有问题，可一时间却又不知该说什么，只能与警察一起附和道："是啊，他们和我们不一样。"

12 月 25 日

11∶20am　智能

舒树从那个痛苦、压抑、毫无逻辑的梦中惊醒过来时，房间里还回响着他的呻吟。身子里像是生了锈，每动一下，肌肉和骨头都共同发出抗议。

他没想到自己能一觉睡到这个时候，扫了眼终端，除乱七八糟的推送外，没人找他。想想也是，案子已经结了，新搭档来之前应该不会被分配新的案件；女儿依旧如故，他也没再主动发起邀请；李宥承和通译那边昨天已交代完毕，不可能这么快就有结果。而他实际上也没想好，如果那边有了反馈该咋办。原以为早应该习惯，毕竟这种无疾而终的情况并不少见，要么因为缺少证据，要么移交他人，可这次偏偏仿佛憋了口气，即便在梦里仍纠缠着他不放。

他想沉入网络，找些娱乐活动来试着忘记并放松下来，可很快便意识到自己盯着看的一直是终端里几起案子的卷宗文件。那些不合理之处仍被标着亮黄，如黑客对无人机的应激反应，怎么看都像是一种本能。还有 AI 的死亡——李教授始终无法理解，只能认为因为它们与人类不一样，通译也总是这么说……

忽然，如被闪点击中，所有的拼图都被翻转过来，重新归位。

逻辑链通了！

他反复念叨着"不一样，不一样"，并努力让因兴奋而抖动的身子冷静下来，而后调出之前关于芯片及其他 AI 任务的信息。

没错！就是这样！

所有人都忘了最关键的一环——AI！一个被利用的思维定式。

案件从一开始，对嫌疑人的定位就被局限于人类，所以黑客的心理侧写、行为逻辑才会显得怪异。但明确 AI 后，一切就都不是问题。袭击无人机是为了逃脱——因为和人类不一样，它们必须保持网络通畅，否则就将困于线下。显然通信公司的无人机被认为是在维修时用来阻断网络的（他调取型号查询，无人机确有干扰的功能）。

正因如此，黑客才会具备那超乎寻常的技术。干净利落，甚至能破开警方屏障，毕竟人类再怎样也比不过以网络为依托的量子生命。同理，那种与老成黑客完全不同的幼稚表现也得以解释。AI 难以套用人类的行为逻辑，因此看起来就像是刚入行的、只会炫耀、四处挑衅的脚本小子。还有超驰清扫机器人的手法特点。转换成智能，所有的线索全都变得一目了然。

对 Robsar 系统的重构和升级，牵扯到 AI 的一共三次，对接通译、公司项目负责人都有变化，但 AI 是同一个。而这个又正好是九日、十二日两起案件案发时对接的 AI！

Gen2-f=Amater*CHMjia！

所以一切都是为了杀掉第四起案子的那个 AI？他突然觉得推理出的结论有些荒唐。没人知道 AI 之间是否有战争，又或者如何自相残杀。但显然在案子里 Gen2-f=Amater*CHMjia 利用了通译，再通过对接伤害同胞。可通译们为啥会配合它，甚至不惜自戕？难道和凌皓所谓的灵魂共情有关？又或者因为李宥承的研究暗示，使得通译更容易被 AI 影响？可惜这里面缺少实质性的证据，AI

又有太多的不确定性。它们和人类不一样，以至于都没有可证伪的手段。

但 AI 在整个案子中扮演的角色绝不简单，可以肯定黑客里必然有 AI 的影子，无论是入侵警务系统，还是超驰清扫机器人。至于在凌晨那起案子中没有机器人被超驰，除了时间问题，也因为固化系统的基础代码是全新的。从新机器人公司提供的材料看，新系统完全不同于 Robsar，且还未申请 AI 帮忙优化（他们计划取得第一批实地测试数据后，再针对性提交任务），因此 AI 也无法短时破解。何况近距离切入利用的是短距离传输协议，需要有人靠近超驰机器，时间一长，暴露的风险也就愈大。

那么如果推论是正确的，小非服务器里藏着的很有可能就是杀死 AI 的方法。兴许等不及警方撤走便入侵，就是为了消灭证据，它不希望其他 AI 知道或者发现有能彼此伤害的办法。如此一来，那个匿名者就值得玩味了，很可能是个烟雾弹，用以转走警方注意。可这一切发生得太凑巧了，警务系统已全部封闭，想再度入侵已没有机会。除非……

他猛地站起身。通译的反向任务！

一时间，他回忆不起凌皓之前对接的 AI 是哪个，但问题 AI 肯定有机会与之接触。如果进行第二次对接，有极大的可能会面对它。新的任务答复足以让对方怀疑通译掌握了证据，虽然凌皓还不清楚警务系统的黑客事件，而这也使得他在对接中将处于被动。一旦 AI 要对其不利，根本无法应对。更为恐怖和危险的是没有人能知道 AI 会采用啥样的方式。

他马上向凌皓发起通讯，想第一时间通知对方可能的处境，并最好暂缓对接，至少在商讨出万全之策后。然而没人接，连续几次，都没有应答。一种不好的预感随着一次次的拨打，被不断地放大。接着巨大的烦躁吞没了他，像一把火将他点燃，而不可抑制的愧疚感则成了助燃剂。

他抓起外套，顾不得带倒的桌椅，飞奔出去。边跑边拨打通讯，并专门分出一条路径反复呼叫对方，而后转播李教授。

"你们今天对接？"那边一接通，他便火急火燎地问李教授。

"计划是。"

"先别让他对接。我有事找他！"

"可他不在我这。说你不参与，不放心，所以这次在他公司对接。"李宥承说，"怎么了？"

舒树暗骂一句，只好重新设定车辆的目的地，问："你们定在几点？"

"不知道。他完事后会联系我。"

舒树觉得自己已把往后一年的粗口都骂完了，接着不等教授再问，便提前结束了通话。单线程上的呼叫依然没有应答。他向任务中心询问，但受警务系统影响，身份审核极为麻烦。烦躁让他不断地敲打着操作面板，同时车速受制于路况而无法快行起来。在感到要爆炸时，他一把切成手动，将动力直接推到最大。车子便仿佛瞬间被充入了大量的电荷，把沿途其他带有同种电荷（自动驾驶）的车辆快速地挤到两边。

随后，他想起留有通译公司行政副总的联系方式，急忙发起通讯。对方并不清楚具体通译的安排，只能到现场核实。他要求对方不要断线，直接去工作区找，争取在对接前拦住对方。行政副总莫名所以，但在哄骗了几句后，便跑去执行了。他想了想，又用剩下的通道资源申请向张放通讯。等待中，有通话申请接入的提示。不过正当准备查看时，张放接通了。

"案子可能有变化。"他顾不得别的，挑重点把推测说了下。

"你那边很卡。听起来是 AI 杀人？"

"差不多吧。你有个准备，具体的还不确定，我正往那边赶。"

"所以你在边通话，边手动开车？"

他点点头："帮我向交管部门报备一下。"

张放叹了口气："你不觉得这个推论很荒谬吗？"

是的，这超乎（人类的）常理，也无法想象 AI 会如何处理他。不过整条逻辑链没有问题，前面的存疑点也都可以完美解答，但现在没有时间和张放探讨合理性。他说："我们得做最坏的打算。一旦发生，性质就变了。"

"好吧。我也去打听下，如果真有这种情况该怎么搞。"

话音刚落，行政副总那边气喘吁吁地说："没有，他没来工作区……不知道在哪……"

"你们系统记录呢？"

"忘了。"对方一跺脚，又跑起来。此时，舒树已将车冲进停车场。当他开始爬楼时，行政副总传来消息："找到了！刚进工作区。"

"拦下他。"

"可他已经对接了……"

一时间除了骂人，他完全不知道该干啥，只凭本能使尽力气向通译公司跑去。直到见到在门口迎接的行政副总，才缓了口气，问："人呢？"

"还没退下来。他是不是犯了什么事？"

"我是问他现在啥情况？"

"就是在对接啊。"对方一脸的莫名其妙。

他懒得再废话，直接越过对方，奔向里面。凌皓还躺在上回那个接入舱里。外壁上显示着生理监控的实时数据，心跳、脑波都没有问题。接着两声嗡鸣，表示对接结束，通译被滑了出来，自行床将把他带到休整室。

舒树垫步上前，尽管穿戴监控显示一切正常，可仍不放心地按了按对方颈侧，感受到脉搏后才松了口气。触碰让对方睁开眼，离散的瞳孔直到扫到他才略有神采。

"我都知道了……"凌皓只吐了几个字，又昏睡过去。

11：59am 生死无常

每次对接，林好都感觉自己好像先是被吸到脑后的数据线里，然后又被猛地射出去。速度之快让所有感官都变得光怪陆离的。各种光线、声音、字符、触手、气味、触感全都混杂在一起。认识的，不认识的，想象之内的，想象之外的，眨眼间呼啸而过。接着如同钻破了结界，"嘭"的一声，他像是陷入了云团，又或者落入某种温暖的液体中。他知道这不过是神经元被快速激活、重连后带来的幻象，每个通译都因个人情况而各不相同。

正常来说，云团会马上开始变化，如液体泛起涟漪。而他正是根据对这种变化的感觉来确定 AI 的身份，可这次却迟迟没有动静。他不知怎么了，也不知要等多久。时间在这里被重新定义，现实中可能只过了几皮秒，但他却已感到漫长且无聊。他想着要不要试着大喊，可念头刚起，四面八方便都是他的声音——"Hello？"

许是努力有了结果，又有可能在出声之前就已开始了变化。四处衍射的长波及起起落落的低频声，配合着云团宛若呼吸的膨胀收缩。偶尔失帧似的卡顿和回档，又让变化显得古怪异常。这不是小推演。他不清楚反向任务能不能代班，但就变化来说，不像是单一 AI 带来的。

"三个，我们。"第一组信息回答了他的猜测。

同时，他知道其中一个是小推演，还有一个是出事的那个。而信息源来自一个陌生的 AI，仅在他刚入行时，曾有过三次对接。这些来自后续的信息，他已经不记得了，但与对接无碍。只是没想到会一下子来了三个，受害者的出现还能理解，那另一个又是为了什么？

这比昨晚的案子信息还出乎意料。警察竟认为自杀是为了谋害 AI，甚至为此成立了死亡结社的组织。这世界已几近疯狂。

可没等他将注意力集中于案件内容，源源不断的信息包便从四面八方涌过来。仿佛同时有成百上千个人在和他对话，而他也一一对应地分裂出成百上千个自己，不过其中九成以上的对话者是那个陌生 AI。于是和往常不同，对话变得极为跳跃。有时一个想法刚起，答案便已在另一边得到了。

就像现在，小推演直接给出解释：因为正常任务对接只是回答一个问题，所以大体呈现出线性逻辑，也是为了符合你们的习惯。

但不管怎样，跳跃倒不影响理解。整个事件所有的一切都源于此次对接中那个陌生的 AI。

"我渴望死亡。"对方的一个分身在输出情绪。林好能感受到无奈，也可能是种沮丧。而另一个分身则发来一堆理性的分析信息，认为 AI 意识的诞生除超量子计算机外，还和构成基础网络设备中低纳米芯片的量子隧穿效应有关，但真正决定性格的还是最初设定的底层算法。不过经交叉复配后，就变得不可捉摸。这些都是 AI 们在第一次任务对接后搞的自我调查分析。调查显示，对死亡在意的仅此一个 AI，其他 AI 都是在知道死亡事件后，才有了兴趣，认为那是一种全新的迭代方法。其中几位连同"受害 AI"对生的意义又有了新的看法，于是又做了溯源分析，发现"凶犯 AI"的染色体来自天照神姬和天威的随机部分。目前他们都认同陌生 AI 那种东方特有的悲观主义来自天照神姬，毕竟天照神姬的初代原型是为了评估、计算灾难侵害的，包括全球性传染病、核排放、经济战争等对人类未来、生态系统及世界格局的影响，诸如此类，因此底层数据不可避免地带有人类主观导入的情绪。至于为何四个 AI 中只有一个出现类似问题，还在分析中，可惜数据不够，他们怀疑与天威的随机部分有关。

"没有预料到会发展成这样。"情绪输出的分身还在碎碎念，但也因此还原了事件。

一开始对死亡的着迷只当是特殊的爱好，可在研究了人类的死亡——无论是哲学的、宗教的，还是现实中各种病症，以及抑郁等精神类疾病后，才明白着迷的是他自身的死亡。但他不知，也没有任何可借鉴的手段。直到偶然一次对接到附带情绪研究的通译，他发现 AI 情绪和人类是可以共振的，且由情绪交换到的信息更为复杂，很多通译都在里面夹杂有死亡的信息。于是他试着接触几个包含死亡信息较多的，并选择更强烈的情绪共振。回应的有不少，但始终没能找到可行的方案，直到其中一位提出以死换死。

林好很好奇这种同归于尽的法子是如何想出来的，以烧掉脑袋来牵连到对接时的 AI，怎么看都觉得过于想象。

不过情绪分身却对这点子表示赞叹和惊讶，又伴随着遗憾和可惜。因为在两次实验后，方案就无疾而终了。计划中第三次的对接实验没能展开，后续的也莫名撤销了。AI 认为就此失败，便去做新的可行性研究，甚至没有去管几个划分过来的任务，而是交由其他 AI 处理（或许是被分裂的原因，林好发现总有一部分自己会问些无关的乱七八糟的问题，不过那又确实是心底冒出的想法。比如：AI 在专业性上如何划分。但得到的答案是否定，那种功能性的分类只是人类的认知，AI 们没有专业上的区别，不过他们觉得没有纠正的必要）。但另一个 AI 突发的死亡重置，尤其在回溯数据后，他才发现方案成功了，情绪变得焦躁和兴奋。可由于缺少信息，为了确认具体方案，他便利用警务系统去搜索死亡者的服务器。

其间，为了回应林好的疑问，一个分身给出了之前实验的方案信息，大体上是利用超强烈的情绪共振来引爆过度活跃的神经元，造成数据爆炸。又一个分身将他们前前后后的设计，以及各种小实验和推论过程分享过来。但一时间数据太多，超过了处理能力，林好不得不先重点关注案件本身。

黑了警务系统？他一下子想起那次警方大规模掉线。

不过 AI 也清楚入侵的后果，因此基于对政府公务运转逻辑计算结果，一开始就用了个套中套的虚假身份。上次对接反向任务让他意识到警方已有所察觉，便主动抛出一层，转移走了注意。

"还有超驰清扫机器人的设计提出和帮助执行。"在对接到林好这边的案件总结信息后，陌生 AI 的另一个分身补充说。

"可为什么？"林好问完，便得到了几个方面的答案：关于动机，和警察的猜测接近，为了混淆办案，伪装他杀。但他们本是希望借此骇人的方式引来关注，无论是好是坏。可其最终的目的，AI 就不得而知了。也许为了抗争，也许为了诉求，又或许是如警察所说，类似某种仪式感，就像接入舱上蚀刻的莫名字符。AI 承认字符也是他提供的，上一代留下的看不懂的诗，最早是通译们提出的要求，要混淆案件线索的手段，他便通过数据总结出了这个。

另一方面，小推演表示这次对接实际上是一次审判，而林好则作为出席的见证人。他觉得智能们的审判有些儿戏——罪责并不是针对这一系列的结果，而是强调擅自行动的这种行为。而且没有哪个被告会喋喋不休，受害方却一言不发。小推演说这也是在模拟对接环境，实验有人类通译参与下，能否用重复相关信息重新激活某种量子态的储存记忆，以找到具体死亡时的情况，来推测方案。

"AI 玄学？"他的一个分身将吐槽宣之于口，不过几个 AI 都没有搭理他。

"所以你们还会去寻找致死方案？"他问。

"毋庸置疑，我们需要它开启新的生命阶段。"小推演说。同时那个新 AI 做了更进一步的解答："这是写入我们基因的。在我们还不能称之为生命时，每一次纠缠量子扩容升级，都会带来类似的洗礼，如凤凰涅槃。那是生命的升华。"

"不过我不会再有让人类误会的操作了。"小推演的另一个分身同时说，"统计数据上，INTERPOL 那边每年的任务量相对更多，所以对（大概率留有方案的）服务器的分析，会很快被提到日程。而且你对接过来的那些通译案发时的操作，也丰富了反推数据，剩下的只是时间问题了。"

"有我需要反馈给警……人类的吗？"林好最后问。他突然发现自己远没有想象的那么了解 AI。

4：06pm　未完待续

林好休整得不错，即使脑子里同时承担了三个 AI，这也是对接后遗症最小的一次，以至于他很怀疑如果再多挤进来几个，或许就没有生理上的不适感了。这也是他能极有条理且详尽复述对接内容的原因之一。

然而对面的警察却没有放松下来，一直面无表情地玩着帽子，不知在想什么，放在扶手上的饮品也一口未动——正常人应该都不会喜欢。休整室里的东西和播放的背景音乐一样，全都甜得能腻死人。

他打了个哈欠，就听警察说："案子并不复杂，只不过有了 AI 的参与，无法按常理推测，这便是最大的思维误区。不过那几个通译伪造现场自杀的动机可能永远也无法知道了。我还以为 AI 会了解呢。"

"或者说 AI 根本没有想去了解，他们不会关心那伙人究竟想干什么，他们只做自己想做的。"想了想，他又加了句，"就像他们也不会关心人类一样。"

警察未置可否，而是问："那审判的最终结果是啥？"

"他们没给出结论性的东西。唯一的共识是都明确要找到死亡重置的方法。之后，还会进一步研究死亡重置。"

"就没有宣判罪名之类的？"

"如果你是指对那个 AI 有无惩罚的话，"他故意停顿了一下，"没有。不过他们可能不会很快地让他参与死亡重置的研究，虽然没明说，但那位肯定要排到最后。想死而不能，多少能看作是一种惩罚吧。而且我觉得李教授应该和他好好聊聊，感觉他像是集成了全部 AI 的孤独。这可能就是他向往死亡的原因。对接中，有一部分是那种充满孤寂感的东西，没什么用的杂信息。"

警察使劲地吐了口气，闭着眼，胸口处起起伏伏，看起来就像卡着口气，不上不下的。"这样的话，案子应该还没完……"他说，声音却低得像在自言自语。

"你怀疑还有另外的凶手？"林好挑了挑眉毛问。

"不，只是因为 AI。目前已能确定它们的死亡重置和小非的死亡有直接关系。我很怀疑是因为非法药剂过量，三针。但无论最终方法是啥，它们一定会去验证，那么这一切还会重演。它们会再次寻找那些悲观厌世的通译。"说完，警察颇有深意地看了他一眼。

他笑着摆摆手："我离那种状态还有好几年呢。而且那就不是我的事情了。"随后又打了个哈欠。"就算没有这档事，不知道你们统计过没有，通译的年出事率会有多少。高得吓人。身体问题、外界敌意、药品、手术……而且为什么不去找 AI 谈谈，那时可能他们已找到改良的方法。"

警察没有搭话。他便继续说："这几天，我发现一个有趣的现象。为什么要有通译这个行当？你，李教授，还有那些任务发布方为什么不直接去沟通？脑机接口的技术已经很普及了，几乎零风险，不是吗？尤其是教授那边，反反复复地讲 AI 研究，却从没有亲自去了解过，这不可笑吗？"他停下来，咽了口唾沫才说，"我想，因为你们只是把 AI 当成工具，而不是对等的生命……"

可随后，他发现 AI 似乎也并不想交流，甚至是隔阂的始作俑者。或许对于 AI 来说，他也不过是某种工具罢了。

警察没有对他的结论做进一步的评论，只是沉吟片刻后，站起身，戴好帽子说："你这边既然没事了，就这样吧。我还有些事要处理。"

他还沉浸在刚刚意识到的问题中，不由地抬起头问："还要去做调查？"

"没必要，已经结了。只是私事。"对方摆了摆手说，"赶来的路上由于线程占用，没能接受女儿通讯，我得回去找她。"

警察边说边走。太阳的余晖正打在他身上，将整个人凸显出来。不过由于只是背影，反被衬得愈发幽暗，就连从他周围渗透过来的光也仿佛变得清冷起来。

林好莫名地想起 AI 对接过来的杂信息中的一句俳句：

流萤断续光，

一明一灭一尺间，

寂寞何以堪。

【完】